町奉行内与力奮闘記四

# 連環の罠

上田秀人



幻冬舎時代小説文庫

# 町奉行内与力奮闘記四

# 連環の罠

# 目次

## ●江戸幕府の職制における江戸町奉行の位置

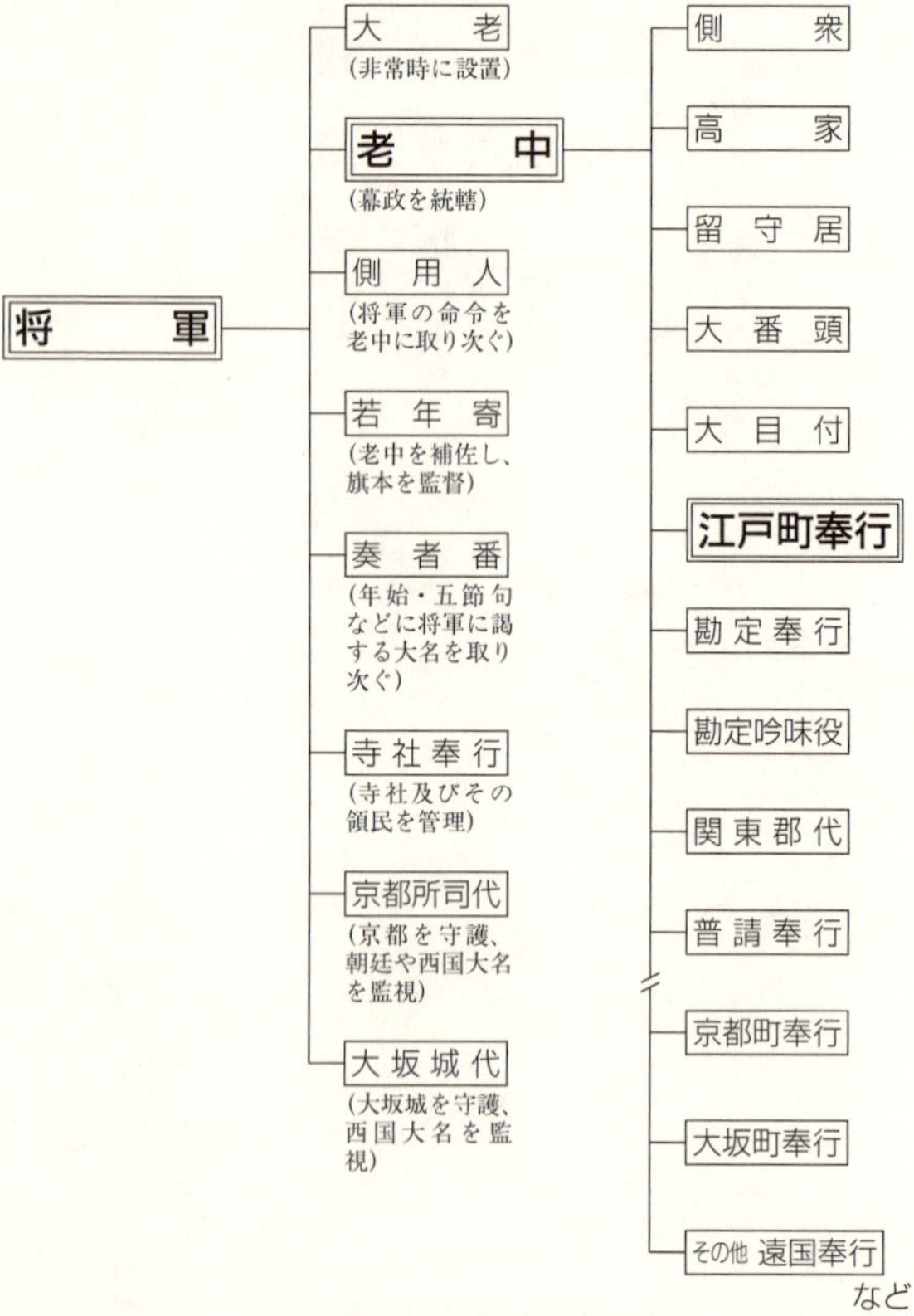


※江戸町奉行の職権は強大。花形の役職ゆえに、その席はたえず狙われており、失策を犯せば左遷、解任の可能性も。

●内与力は究極の板挟みの苦労を味わう！

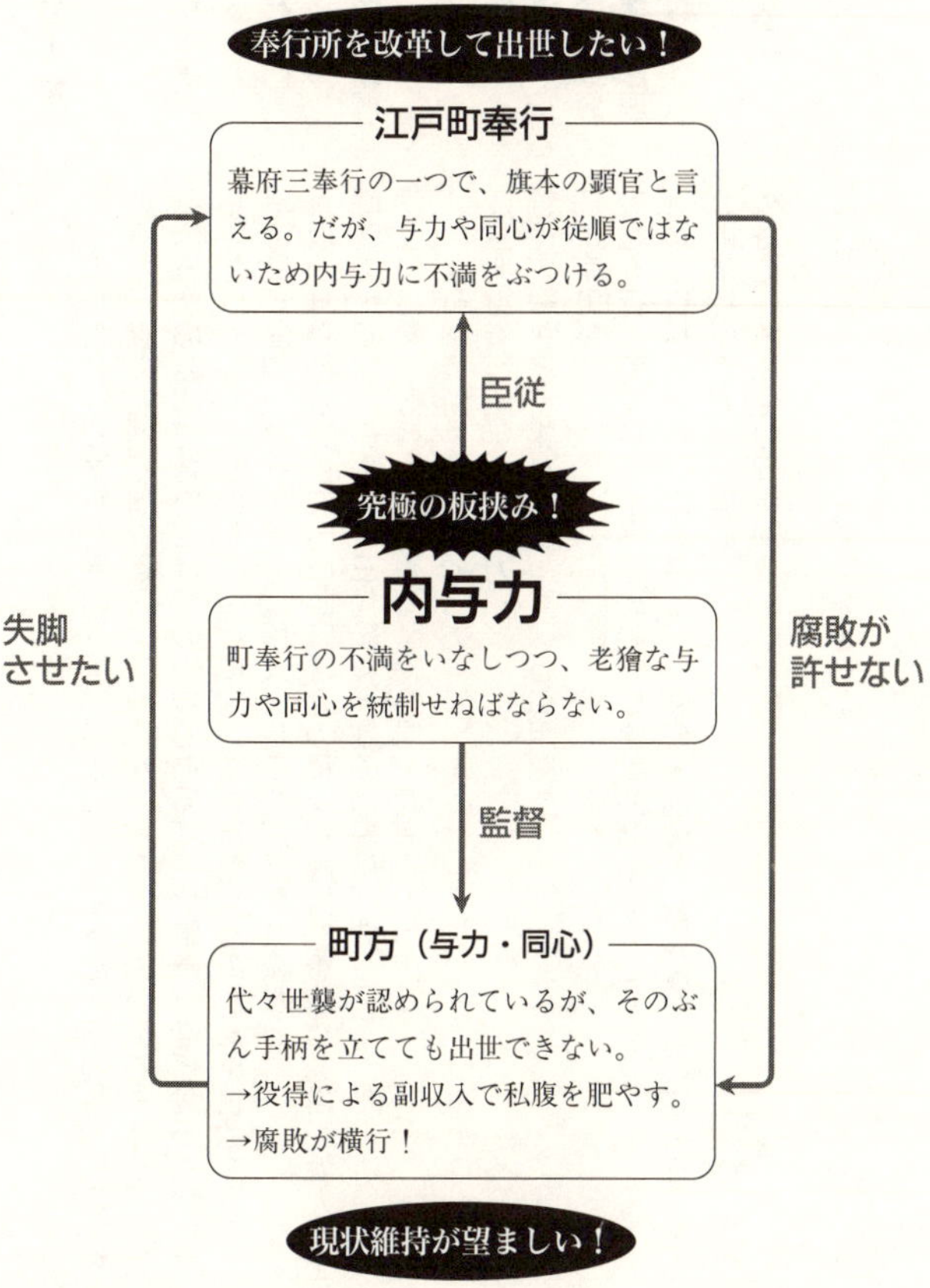
奉行所を改革して出世したい！
江戸町奉行
幕府三奉行の一つで、旗本の顕官と言える。だが、与力や同心が従順ではないため内与力に不満をぶつける。
臣従
究極の板挟み！
内与力
町奉行の不満をいなしつつ、老獪な与力や同心を統制せねばならない。
監督
失脚させたい
腐敗が許せない
町方（与力・同心）
代々世襲が認められているが、そのぶん手柄を立てても出世できない。
→役得による副収入で私腹を肥やす。
→腐敗が横行！
現状維持が望ましい！

【主要登場人物】

城見亨　本書の主人公。曲淵甲斐守の家臣。二十四歳と若輩ながら内与力に任ぜられ、忠義と正義の狭間で揺れる日々を過ごす。一刀流の遣い手でもある。

曲淵甲斐守景漸　四十五歳の若さで幕府三奉行の一つである江戸北町奉行を任せられた能吏。厳格なだけでなく柔軟にものごとに対応できるが、そのぶん出世欲も旺盛。

城見桂右衛門　亨の父。曲淵甲斐守の懐刀。用人として江戸屋敷を預かる。

西咲江　大坂西町奉行所諸色方同心西二之介の長女。歯に衣着せぬ発言が魅力の上方娘。

播磨屋伊右衛門　咲江の大叔父。日本橋で三代続く老舗の酒問屋。

伊兵衛　咲江の祖父・得兵衛が営む海産物問屋・西海屋の手代。

竹林一栄　江戸北町奉行所吟味方*筆頭与力。

左中居作吾　江戸北町奉行所年番方*与力。

吾妻屋嘉助　竹林一栄から手札を預かっている御用聞き。

牧野大隅守成賢　江戸南町奉行。

松平伊賀守忠順　寺社奉行。富くじの余得絡みのもめ事で曲淵甲斐守と対立。

伊藤卓也　寺社奉行松平伊賀守の小検使・伊藤先之助の弟。亨を襲うが、逆に捕らえられる。

板谷　北町奉行所定町廻り同心。

神田の次郎　板谷と一蓮托生の御用聞き。

*吟味方与力　白州に出される前の罪人の取り調べなどを担当する。
*年番方与力　奉行所内の実務全般を取り仕切る。

# 第一章　落とし穴

## 一

　大番屋は与力《よりき》、同心《どうしん》の便宜を考え、八丁堀《はっちょうぼり》の近くにあった。大番屋は罪人の取り調べをしたり、牢入りを待つ罪人を留め置いたりと町方役人にとって町奉行所に次ぐ、重要な場所であった。

　とはいえ、忙しい町奉行が来ることはなく、大番屋は町奉行所与力の支配下にあった。

「おい、城見《しろみ》が捕まえた浪人はどこだ」

　大番屋へ入った北町奉行所年番《ねんばん》方与力左中居《さなかい》作吾《さくご》が、当番の同心に尋ねた。

　月番が大番屋を管轄するが、非番の町奉行所も継続詮議《せんぎ》中の犯人などを留め置いていたため、当番の同心を出していた。

「これは左中居さま」

板の間で茶を飲んでいた同心が、慌てて応対した。

「浪人だ。連れてこられているだろう。さっさと申せ」

すぐに反応しなかった同心に、左中居作吾が苛立《いらだ》った。

「も、申しわけございませぬ」

同心が慌てて詫《わ》びた。

年番方は、町奉行所の所用と勘定を担当する。

その業務には、与力、同心の出世や配置も含まれる。基本三十俵二人扶持《ぶち》の同心だが、出世して筆頭同心になるか、定町廻り、臨時廻りなどに転じれば、わずかながら扶持が増える。北町奉行所において、その異動の実権を握っているのが左中居作吾であった。

「こ、こちらでございまする」

同心が左中居作吾を板の間の奥、揚屋《あがりや》へと案内した。

揚屋は武士身分の者を捕らえておくためのものだ。庶民用の大牢と違い、多人数で入ることはなく、夜具なども許される。

　浪人者は庶民と同じであり揚屋を使える身分ではないが、両刀を差し、仕官先を求めている者と武士に準じた扱いを受け、よほどのことがないかぎり、大牢ではなく揚屋に入れられた。

「こやつか」

「はい。他に浪人はおりませぬ。まず、まちがいないかと思いまするが、こやつは内与力《うちよりき》の城見どのが、御用聞き神田の次郎《じろう》へ預けた者でございまする」

　当番の同心が、内与力の反発を招くことにならぬかと懸念を口にした。

「大丈夫だ。内与力からなにかあったときは、筆頭の竹林《たけばやし》さまがお相手くださる」

「ならばよろしゅうございまする」

　当番の同心が引いた。

「少し、話をしたい。外せ」

　左中居作吾が同心を追いやった。

「…………」

　それらの様子を、じっと揚屋の片隅で伊藤卓也《いとうたくや》が見ていた。

「寺社奉行松平伊賀守《まつだいらいがのかみ》さまの家中であろう」

左中居作吾がいきなり問うた。

「違う。浪人だ」

伊藤卓也が否定した。

「拙者の前で隠すことはない。本当のことを言ってくれれば悪いようにはせぬ」

「浪人でござる」

聞く耳持たないと伊藤卓也が横を向いた。

「そうか。残念だな。内与力に襲いかかったのだ。取り調べなど形だけ。すぐに死罪となる」

「死罪だと……」

伊藤卓也が顔色を変えた。死罪とは斬首《ざんしゅ》のことだ。武士にとって、切腹でなく死罪を言い渡されるのは、なによりの恥とされていた。

「当然であろう。浪人に切腹の栄誉が与えられるはずもなし」

左中居作吾が鼻先で笑った。

「むう」

「どうする。儂《わし》の話を聞くというならば、助けてやらぬともかぎらぬ」

「なにをしろというのだ」

不名誉な死を突きつけられた伊藤卓也が揺れた。

「おぬしとおぬしが襲った城見亨《とおる》は顔見知りとしてもらいたい」

「あの内与力と拙者が顔見知り……」

伊藤卓也が怪訝《けげん》な顔をした。

「そうだ。そして意趣遺恨から襲ったとの供述を取らせてもらいたい」

左中居作吾が用件を告げた。

「なんのためにそのようなことを」

「それを知らずともよい」

尋ねた伊藤卓也を左中居作吾が断った。

「教えてもらえねば、納得はできぬ」

「さようか。では、話はこれまでとなるな」

首を横に振った伊藤卓也に、左中居作吾が言い放った。

「牢屋敷へ送られれば、数日を待たずして死罪じゃ。覚悟しておくがいい」

左中居作吾が腰をあげた。

死罪はそう簡単なものではなかった。町奉行所が死罪に相当すると判断したとしても、その実行には老中の許可が要った。

奥右筆を通じて上げられた死罪の願い書きは、老中の花押《かおう》が入って初めて効力を発する。とはいえ、老中といえども人である。死罪の決断は嫌がる。御用部屋には、花押待ちの死罪通知が、いくつも未決の箱のなかで眠っており、今日出して数日後に執行とはなりえなかったが、そのような事情は町方の、それも年番方や吟味方、例繰《れいく》り方でもなければまず知らなかった。

「ま、待ってくれ」

伊藤卓也が格子の隙間《すきま》から手を伸ばした。

「書くか」

「まちがいなく助けてくれるのだろうな」

「ここから出してやる」

念を押した伊藤卓也に、助けるではなく出すと左中居作吾が答えた。

「わかった。書く」

伊藤卓也が折れた。

「結構だ。ここに供述はもう書いてある。筆を渡すゆえ、左端に名前を書き入れ、その後右手親指の爪印を押せ」

左中居作吾が、懐から紙を出し、筆とともに伊藤卓也へ渡した。

「ここだな」

確認した伊藤卓也が署名をした。

「爪印を忘れるな」

署名を終えた伊藤卓也に左中居作吾が念を押した。

「これでよいな」

爪印をした伊藤卓也が供述書を左中居作吾に渡した。

「……結構だ」

一度確かめた左中居作吾がうなずいた。

「出してくれ」

「待て。いきなりとはいかぬ」

要求した伊藤卓也に左中居作吾が首を横に振った。

「なぜだ、署名爪印をすれば出すと言ったではないか」

「言った。だが、すぐとは申しておらぬ」

詭弁《きべん》を遣えないようでは、年番方など務まらない。

「そんな……」

今ではないと言われて伊藤卓也が落ちこんだ。

「ここは町奉行所ぞ。いろいろと手続きがあるのだ。勝手はできぬ。寺社奉行所も同じであろうが」

「たしかに」

伊藤卓也が認めた。

「……やはり」

小さく左中居作吾が口のなかで呟《つぶや》いた。

「できるだけ早く手続きをすませる。それまで大人しくしていてくれ」

「頼む。かならず出してくれよ」

自重を求めた左中居作吾に、伊藤卓也がすがった。

「もうよろしいので」

戻ってきた左中居作吾に当番の同心が問うた。

「ああ。あの者を誰かが引き出そうとしても、させてはならぬ」

「内与力さまでも」

捕まえたのは内与力城見亨である。伊藤卓也の身柄にかんしては、亨に優先権があった。

「身柄をこちらへもらうよう話は通しておく」

「では、その証文を……」

大番屋で罪人を預かるには、どのような状況で、どこで誰が捕まえたというのを記さなければならない。同心が事務作業をしなければと言った。

「待て。それもこちらで書く」

「……左中居さまが」

「そうだ。どうせ、その証文は吟味方へ回るのだろう。儂から竹林さまに手渡す」

年番方与力が雑務をすると聞いて驚いた当番同心に、左中居作吾が告げた。

「わかりましてございまする。では、お願いを」

奉行所のなかで筆頭与力に次ぐ権力を持っている年番方与力の言葉に異を唱える

者はいない。当番同心が一礼した。

「うむ」

首を小さく上下させて左中居作吾は、大番屋を出た。

「松平伊賀守さまのお屋敷は、筋違橋《すじかいばし》御門内だったな」

大名は町奉行所の役人の出入りを許していた。これは家中の侍、小者たちが江戸城下でもめ事を起こしたときになにかと便宜をはかってもらうためであった。

八丁堀から筋違橋御門まではさほど遠いわけではない。

「御用人どのにお会いしたい」

不浄役人と卑下される町方役人だが、身分は直臣になる。大名家の家老や用人よりは格上になった。

「伺って参りますれば」

門番をしていた小者が左中居作吾を門前で待たせ、御殿へと駆けこんだ。

「……どうぞ、お通りくだされ」

待つほどもなく、左中居作吾は表御殿の玄関を入った客間へと案内された。

「今、用人次席佐野甚内《さのじんない》が参りまする」

小者から玄関で受け継いだ藩士が、左中居作吾を残して下がった。

富くじの金でもめている北町奉行所の相手に用人を出す気はない。松平伊賀守家は格下で我慢しろと言った。

「寺社奉行さまだけあって、なかなかの調度だ」

左中居作吾は、客間に飾られている軸や、花入れを値踏みした。

「お待たせをいたしました」

しばらくして茶を捧げた小姓を伴った用人次席佐野甚内が客間へ入ってきた。

「いや、約束もなく参ったこちらが悪うござれば」

左中居作吾が待ってはいないと返した。

「どうぞ、白湯でございまするが」

同道している小姓が置いた茶碗を佐野甚内が勧めた。

「いただこう」

左中居作吾が、茶碗を持った。

「……ご用件は」

左中居作吾が湯を喫するのを待って、佐野甚内が急《せ》かした。

「御家中に伊藤卓也という御仁がおられますな」

「…………」

意味をはかりかねたのか、佐野甚内が黙った。

「貴家と北町奉行所との間には、いろいろとござったが、それを除《の》けてのお話だと承知していただこう」

寺社奉行が持っている富くじの権益に、北町奉行所が手を出した。それが北町奉行曲淵甲斐守景漸《まがりぶちかいのかみかげつぐ》と寺社奉行松平伊賀守との争いに発展、結果、内与力城見亨と伊藤卓也ら松平家の藩士たちの戦いになった。

「伊藤と申す者がどうかいたしましたので」

かかわりのない者を装いながら、佐野甚内が探りを入れてきた。

「曲淵甲斐守さまの家臣を襲った」

「……つっ」

佐野甚内が息を呑《の》んだ。

「その者は今どこに」

「北町奉行所で捕らえ、大番屋に」

尋ねた佐野甚内に、左中居作吾が教えた。

「こちらとしては、伊賀守さまと余計な対立は避けたい。かといって実際に人を襲ったのでござる。無罪放免とはいきませぬ」

「…………」

「ここから先は独り言でござるぞ。ご返事はなさらぬよう」

そう前置きして左中居作吾が続けた。

「今のままでは、浪人と述べている伊藤卓也は牢屋敷へ送られ、そこで厳しい取り調べを受けることになる。どこの家中か、誰の命令で城見亭を襲ったか。それがそろってから、死罪となる」

「…………」

ずっと黙ったまま佐野甚内が聞いた。

「肚《はら》を割ってもらいたいが」

「たとえば伊藤　某《なにがし》が当家とかかわりがあったときはどのように」

あくまでも参考にという態度で佐野甚内が訊《き》いた。

「浪人なれば町奉行所は処断できる。家中となれば、町奉行所はなにもできぬ。お迎えがあれば解放するしかない」

「迎え……」

佐野甚内が考えた。

「ただし、人を襲ったという事実は消えませぬが……」

左中居作吾が声を低くした。

「それはまずい」

思わず佐野甚内が口にした。

寺社奉行の家中が町奉行の家臣を狙った。これが知れれば、まちがいなく松平伊賀守は職を辞さなければならなくなる。

「こちらとしては、寺社奉行所とは今後とも仲良くいたしたいと考えておりますぞ」

「どういたせば」

ついに佐野甚内が折れた。

「なかったことにしませぬか」

「……なかったことにとは」

佐野甚内が首をかしげた。

「先日の富くじのこと、このまま飲みこんでいただくかわりに、北町奉行所は伊藤某を大番屋から解き放ちまする」

「それはありがたい」

すでに奪われたにひとしい利権である。それと引き替えにことを片付けてくれるならば安いものと佐野甚内が喜色を浮かべた。

「ただ……」

追加を口にしかけて左中居作吾が口を噤《つぐ》んだ。

「なんでござろうか」

「これ以上は、そちらでお考えいただこう」

「当家で考えろと」

「さよう。万一のときのためのご手配をなさることだ」

確認した佐野甚内に左中居作吾がうなずいた。

「…………」

佐野甚内が困惑の表情をした。

「襲われたほうは、いずれ世に出まする。今は騒動の責で謹慎を命じられておりまするが、斬りかかられたので応じただけでは、罪にできませぬ」

「たしかに」

道理の話に佐野甚内が首肯した。

「当然、家臣を狙われた曲淵甲斐守さまも動かれましょう。放置しておいては、名折れとなりますからな。捕まったはずの伊藤某の行方を追いましょう。町奉行には、その力がござる」

「まっ……」

左中居作吾の言いたいことを悟った佐野甚内が息を呑んだ。

「では、本日夕刻六つ（午後六時ごろ）に伊藤某を大番屋から召し放ちまする。迎えの人をよしなに」

用はすんだと左中居作吾が席を立った。

「…………」

佐野甚内は見送りに気づかないほど思案していた。

二

千両富の当たりを引いた男を殺し、金を奪った下手人を吉原から引き渡された後、その手柄を奪おうとした寺社奉行所の小検使《しょうけんし》を一蹴《いっしゅう》した城見亨は、そのことで恨みを買い、伊藤卓也らと剣を交えた。

その場に大坂西町奉行所同心の娘咲江《さきえ》がいた。

咲江は、曲淵甲斐守が大坂西町奉行をしていたとき同行してきた亨に惚《ほ》れ、後を追って江戸へ出てきていた。

「城見はん……」

江戸での滞在先、祖母方の実家酒問屋播磨屋伊右衛門《はりまやいえもん》宅で、咲江が難しい顔をしていた。

「焦ってもどうしようもないよ」

大叔父にあたる播磨屋伊右衛門が、咲江を宥《なだ》めた。

「しやかて、城見はんが……」

江戸でも指折りの大店《おおだな》である播磨屋伊右衛門はいろいろなところに伝手《つて》を持つ。咲江からことを聞かされてすぐに播磨屋伊右衛門は亨の状況を調べた。

「飛んできた火の粉を払っただけとはいえ、人を斬ったんだ。なにごともなかったとはいかないよ」

「そんなん、襲われ損やん」

咲江が怒った。

「たしかにそうだけどね。世間はなかなか簡単にいかないのだよ」

播磨屋伊右衛門が小さく首を横に振った。

「どうなんねんやろ、城見はんは」

不安そうな顔で咲江が播磨屋伊右衛門を見上げた。

「今は長屋で謹慎中らしいね」

播磨屋伊右衛門ともなると、南北両奉行所に伝手がある。奉行所へ出入りしている御用聞きも何人と金で飼っている。亨が曲淵甲斐守の命で北町奉行所役宅から、実家へ帰されたことを調べあげていた。

「謹慎……」

武家にとって謹慎は大きな罪であった。

「出世に差し障る……」

なにもなくて当たり前が泰平の世の常、たとえ小さな瑕疵《かし》でも目立つ。

「出世って……曲淵甲斐守さまのご家中なんだよ。出世といっても、せいぜい用人になるていどじゃないかい」

播磨屋伊右衛門があきれた。

すでに世のなかは武ではなく、金が支配している。どこの大名も、商人から金を借りてかろうじて面目を保っているのだ。

商人から見れば金のない武家のなかで出世したところで、さほどのものとは思われていなかった。

「それはそうやけど……」

咲江も大坂の町方同心の娘である。金の強さとありがたみは身に染みている。

「いっそ、放逐してもらったらどうだい。おまえの婿に迎えて、いずれは出店の一つも預けようか」

「それもええなあ。でも、城見はんが商人というのはなんか合わん気がするわ」

咲江が悩んだ。

「まあ、おまえの婿になってくれるかどうかもわからないんだろう。今から、先を考えてもしかたないよ。城見さまがなにをしでかすということはないからね」

「……誰かがなにかをすると言いはんのんやね。大叔父はんは」

「聡《さと》いな。咲江は。うちの馬鹿息子もこれくらいできたらねえ。とっくに店を譲って、わたしと家内は楽隠居できるんだけど……」

大きく播磨屋伊右衛門がため息を吐《つ》いた。

「若ぼんはんが、阿呆《あほう》かどうかはどうでもええねん。誰がなにをしでかすん」

咲江が真顔になった。

「播磨屋の跡継ぎがどうでもいいは、あまりじゃないかね」

「あたしには関係あらへんし。気に入らんかったら、西海屋《せいかい》の江戸店へ移るだけやし」

たしなめた播磨屋伊右衛門に、咲江が言い放った。

咲江の母は、大坂に本店があり、江戸にも出店を持つ海産物問屋西海屋の娘であった。

「まったく気のきつい女だね」

播磨屋伊右衛門があきれた。

「大叔父はん、話」

咲江が急かした。

「ねえ、咲江。誰が城見さまを襲ったと思う。おまえは見ていたのだろう。身形《みなり》はよかったと言ったね。それだけで金目当ての浪人ではないとわかる」

「………………」

咲江が思案に入った。

「噂《うわさ》だがね。町奉行所が寺社奉行の懐に手を突っこんだらしいんだよ」

「権益に手出しをしたと」

すぐに咲江が気づいた。大坂町奉行所は江戸以上に、利権が多い。とくに父が大坂の物価を左右できる諸色《しょしき》方を務めている関係で、賂《まいない》や余得の恩恵を受けてきた咲江は、そのあたりに詳しかった。

「ああ」

「では、あの侍たちは寺社奉行所の……」

「寺社奉行所というより、松平伊賀守さまの御家中だろうね」

播磨屋伊右衛門が訂正をした。

「ところで、曲淵甲斐守さまについては、わたしよりおまえのほうが詳しいだろう。甲斐守さまは殴られても黙って我慢されるようなできた御仁かい」

「そんな仏さまみたいな人が、大坂町奉行や江戸町奉行になれるはずないやん。どっちもお旗本にとって出世役なんやし。他人の足を引っ張ってもお役に就きたい、同役の罪を捏造《ねつぞう》しても蹴落《けお》としたいというお方でなかったら、何万というお旗本の頂点に近い江戸町奉行になれるわけあらへん。甲斐守さまも同《おんな》じや」

咲江が曲淵甲斐守を酷評した。

「なら、わかるだろう」

「甲斐守さまが、松平伊賀守さまへ手出しをすると」

「おそらくね。そのために城見さまを屋敷内に留《とど》めているのではないかと思うのだよ。内与力のままで出歩かせていたら、また狙《ねら》われるかも知れないし、それこそ罠《わな》にはめられるかもしれないだろう」

「……そうやあ。城見はんは、素直やさかい」

咲江が肩の力を落とした。

「せっかく摑《つか》んだ切り札だからねえ。使いどころを甲斐守さまは見ておられるんだと思うよ」

「なら城見はんの身は」

「長屋にいるかぎり、安心だろう」

「よかったああ」

咲江がほっと安堵《あんど》の息を吐いた。

「ただねえ……」

「なんなん。まだあんのん」

口ごもった播磨屋伊右衛門へ、咲江が嫌そうな顔をした。

「北町奉行所に出入りしている御用聞きから訊き出したのだがね」

播磨屋伊右衛門が真剣な目つきになった。

「城見さまは、どうやら他の与力、同心衆から睨《にら》まれておられるらしい」

「ああ、それは大坂でも一緒やったわ」

深刻な播磨屋伊右衛門に反して、咲江は平然としていた。

「内与力っちゅうのは、町奉行と奉行所役人を繋《つな》ぐ役目だろう。それが嫌われていたら仕事に支障が出るだろう」

「城見はんは町奉行所の役人やない。甲斐守さまの家臣や。どっち向いてなあかんかというたら、甲斐守さまやろう。また甲斐守さまがきついお方や。お役目も出世の足がかりやとしか見てはらへん。平気で町奉行所の役人に無茶言うねん。その無茶をさせるのが内与力や。嫌われて当然やねん」

当たり前のことだと咲江が嘯《うそぶ》いた。

「甲斐守さまの家臣か……なるほどね」

播磨屋伊右衛門が納得した。

「まあ、事情はわかったけど……」

じっと播磨屋伊右衛門が咲江を見つめた。

「…………」

居心地悪そうに咲江が身じろぎした。

「無茶してはいけませんよ」

「……無茶って」

釘《くぎ》を刺された咲江が反発しかけた。

「城見さまを励ますとして、お屋敷へ向かうなど論外」

「えええ、そんなん……」

咲江が播磨屋伊右衛門を下から見上げるようにした。

「怖《おそ》ろしい娘だな。大叔父に媚《こ》びてどうする。それにあざとすぎるわ」

播磨屋伊右衛門があきれた。

「身内には効かへんなあ」

咲江が苦笑した。

「まったく、この子は」

小さく播磨屋伊右衛門が首を左右に振った。

「やっぱり、あかんの」

もう一度咲江が訊いた。

「当たり前じゃ。慎んでおられるところに、かかわりのない女が行ってどうする。城見さまの評判が悪くなるだけだ」

厳しく播磨屋伊右衛門が叱《しか》った。

「慰めて差しあげたいんやけど……」

「まだあきらめてないのかい。まったく、武家の娘とは思えない軽さだね」

播磨屋伊右衛門がため息を吐いた。

「いいかい。いつまでも駄目だとは言わない。今は時期が悪すぎる。わたしがいろいろと手を尽くしてあげるから、それまで待ちなさい」

「手配してくれはんの」

咲江が喜色を浮かべた。

「しなければ、勝手に動き回るだろう」

「おおきに、大叔父はん」

咲江が感謝した。

三

城見亭は長屋の一室で端座させられていた。

「まったく、殿をお助けすべきそなたが、邪魔をしてどうする」

父城見桂右衛門《けいえもん》が亨を説教していた。

「しかし、襲われたとあれば……」

亨はやむを得なかったと言いわけをした。

「降りかかる火の粉を払うのはよい。また振り払わねばならぬ。曲淵甲斐守の家臣が、江戸の路上で倒れ伏したなどとなっては大事だ」

桂右衛門は曲淵甲斐守の信頼も厚く、今は用人を務めている。

「それこそ殿は町奉行の職を退き、慎みをなさらなければならなくなる。そうならなかっただけましといえばましだが……」

「どうすればよろしかったのでございましょう」

世慣れた父に亨は問うた。

「振り払った火の粉をしっかり消しておけばよかったのだ」

「火の粉を消す……」

意味がわからないと亨が首をかしげた。

「消したと思っていた火が再燃する。江戸中を焼いた振り袖《そで》火事もそうであったろう」

振り袖火事とは、四代将軍家綱の御世《みよ》、明暦三年（一六五七）に起こった大火のことだ。本郷から出た火は、雨が長く降っておらず、乾燥しきっていた江戸をあっという間に舐《な》め尽くした。五百町を焼いたとまでいわれた火は、深夜に鎮火。江戸の人々が安堵した翌日、再燃、かろうじて焼け残っていた江戸城天守閣を始め、江戸を灰燼《かいじん》に帰した。

「そうではございますが……」

まだ亨は父の言葉が理解できなかった。

「……鈍い。いや、若いのか」

桂右衛門が息を吐いた。

「なぜ襲ってきた者を生かしておいた」

「それは降伏いたしましたので……命まで取らずとも」

「たわけっ」

応じた亨を桂右衛門が怒鳴りつけた。

「なっ」

亨が目を剝《む》いた。

「生かしておいては、なにを言うかわからぬではないか。死人に口なしにしておけば、誰が襲いきたのか、誰が斬ったのか、わからずにすんだ」

「それは……」

父の言いように、亨は驚愕《きょうがく》した。

「まだわからぬか。武士は主君を護《まも》るためにあるのだぞ。相手が寺社奉行のかかわりとわかった段階で、執りうる手段は二つしかない」

「二つでございますか……」

「そうだ。一つは今言った、相手を皆殺しにして、後々の面倒を避けること。そしてもう一つは、生き残りを町方ではなく、直接殿のもとへ連れていくことだ」

「殿のもとへ」

亨が息を呑んだ。

「生きた証拠じゃ。それを殿がどうお遣いになるか」

寺社奉行の弱みを握って優位に立っただろうと、暗に桂右衛門が告げた。

「……………」

大きく亨が喉《のど》を鳴らした。

「しかし、どちらも……」

「御法度《ごはっと》だと言うか」

「はい」

「なぜだ。人を殺そうとした者は、返り討ちに遭っても文句は言えまい」

桂右衛門が不思議そうな顔をした。

「それはそうでございますが……戦意をなくした者まで討つというのはいかがでございましょうや」

命乞《いのちご》いをする者は斬れないと亨は告げた。

「そなたはなにさまのつもりじゃ」

桂右衛門が冷たい声を出した。

「…………」

「そなたを襲うような輩《やから》じゃ。いつ殿に切っ先を向けぬともかぎらぬぞ。そなたが今回見逃した男が、殿のお命を狙うやも知れぬ」

「……まさか」

父の言葉に、亨は震えた。

「町方が捕まえたのでございまする。あの者はもう表に出られますまい」

　亨が反論した。

「どういう罪だ」

「えっ……」

「そなたが町方に渡した男は、なにをした」

　もう一度桂右衛門が質問した。

「わたくしに斬りかかって参りました」

「怪我《けが》でもしたか」

「いいえ。幸い、無傷でございまする」

　亨が答えた。

「では、たいした罪にはならぬな。長屋で女房が浮気した夫に庖丁《ほうちょう》を突きつけたのと同じだ」

「それと同列には……」

「同じだ。御上《おかみ》にとってはな。そなたが斬り死にするか、大怪我でも負えば別だが、無傷ではさほどの罪にはできぬ」

「では……殿が危ない」

亨が慌てて腰をあげかけた。

「落ち着かぬか」

その肩を桂右衛門が摑んで押さえこんだ。

「父上、殿の一大事でございますぞ」

「この考えなしが」

桂右衛門が亨の頭を打った。

「……な、なにを」

叩《たた》かれた亨が吾に返った。

「座れ。説明してやる」

「………」

言われてはしかたない。亨が腰を下ろした。

「たとえ出てきても、あの男は殿を襲えぬ」

「なぜそう断言できまする。なにかあってからでは遅いのでござるぞ」

亨が喰《く》ってかかった。

「寺社奉行松平伊賀守さまがお許しにならぬ」

「伊賀守さまが……」

「町奉行所から、さほどのことなく解放されたといってそのまま屋敷へ迎え入れれば、松平伊賀守さまも承知の上でのことだったと勘ぐられようが」

「……」

父の話に亨はなにも言えなかった。

「わかったであろう。あの男は殺される」

「つっ……」

亨が呻《うめ》いた。

「ほう、ここで男を救わねばと言い出さなかったことは褒めてやる」

桂右衛門が述べた。

「……」

なんとも言えない気分で、亨は沈黙した。

「これが江戸の闇《やみ》、役人の出世地獄だ」

「出世地獄……」

語った父に、亨は呟いた。

「天下に戦はない。戦場で手柄を立てることはできぬ。手柄がなければ、禄《ろく》は増えぬ。寵愛《ちょうあい》の臣は別だが、五代将軍綱吉公における柳沢美濃守《やなぎさわみののかみ》さま、八代将軍吉宗公の腹心大岡越前守《おおおかえちぜんのかみ》さまのような幸運は、そうそうない」

どちらも小身から大身に成りあがっている。柳沢美濃守にいたっては、小納戸という小役人から大老格という幕府最高の地位まで登った。ここまでくると本人の才覚だけでは難しい。天下人の引きが必須であった。

「殿を含め、ほとんどの大名、旗本は寵愛とは無縁だ」

桂右衛門が続けた。

当然であった。寵愛などそうそう与えられるものでもないし、与えられるだけの素質を持った者も滅多に出ない。

「戦はない、寵愛も受けていない。そのような大名、旗本が立身するには、たった一つの道しかない。役目に就くことだ」

「わかりまする」

亨がうなずいた。

城見家も同じだった。城見家は曲淵甲斐守の家臣、世にいう陪臣である。

陪臣は将軍に目見えできないだけでなく、主君の領地のなかから禄を分け与えられるため、小身な者が多い。なかには加賀前田藩の家老本多家のように五万石という譜代大名並の高禄を食《は》んでいる者もいるが、そのほとんどは百石に満たない者ばかりであった。

曲淵家では筆頭ともいえる城見家だが、その禄は八十石しかない。しかもこれさえ、父桂右衛門が近習《きんじゅ》、側役《そばやく》、用人と出世したお陰で与えられたもので、本来は六十石であった。

「家中を見よ。曲淵家には五十人ほどの家臣がいる」

幕府は石高に応じて軍役を定めている。戦など起こるはずもないが、武士本来の役目でもあるため、泰平だからといって減らされはしない。もっとも商人の力が台頭し、武士から経済が奪われて久しい今、軍役通りに家臣を抱えている大名、旗本は少ない。いや、まずいないといっていい。五千石なのに家臣は十人いないなどのあからさまなまねをしなければ、実情を把握している幕府も軍役に従わないことで旗本を咎《とが》めたりはしない。

しかし、幕府役人になりたいと思えば、話は変わった。

少しでも不足している金を補塡《ほてん》したいと思い、役人になることで得られる役高、利権を欲しがっている者は多い。なにせ旗本の数に比して、役職は少なすぎる。一つの役目を十人で奪い合うといった状態なのだ。

これが余得の多い長崎奉行、佐渡奉行や、大名への出世もあり得る町奉行、勘定奉行などになると、さらに倍率は跳ねあがる。

町奉行の席一つに、千石以上の旗本百が集まるといった状況になる。

こうなれば、人柄や縁故だけではどうにもならない。もちろん、それは必須である。町奉行になりたいと思っている人物のほとんどは要路との繋がり、実務に長《た》けているという実績を持っている。

比較では決められないのだ。

となれば、選考は排除になる。

「この者は先代のおりに上様のお怒りを買っておる」

「遠国《おんごく》奉行を経験せずに町奉行はいかがなものか」

こうやって一人ずつふさわしくない者を外していく。

「ならば、傷を付ければ……」

役目を狙う者たちが、敵になる相手を引きずり降ろそうとするのは、当然の帰結、ようは足の引っ張り合いになる。

軍役に従った家臣を抱えていない。普段ならば誰も気にしないこれが、十分な攻撃材料になる。どころか、幕府の規範に反しているとして罰せられる。一度でも咎められたら、まず役人、それも要路に近い役目には就けなくなってしまう。

役職を狙う旗本は、まず家臣の数をそろえるところから入った。

「当家の家臣たちは、譜代を除いて、皆十石二人扶持と決まっておる。この者たちは雇われだからだ。いつでも放逐できるようにとな」

役目を引いた後も家臣を抱え続けるわけにはいかなかった。なにもしなくても禄を払わなければならないからだ。

「松平伊賀守さまも同じだろう」

桂右衛門が言った。

旗本同様、大名も内証は逼迫《ひっぱく》している。禄の支給を半分にする半知借りあげなどは当たり前のようにおこなわれていた。

「失策を犯した者を続けて抱えるだけの余裕はない。また、いつどこで殿から苦情を申し立てられるかわからない。どこかで裏事情を耳に入れた大名が、大目付《おおめつけ》や目付に密告しないとはかぎらない」

「国元へ帰せば……」

松平伊賀守は信州上田の領主でもある。江戸で不始末をした藩士を、国元へ帰すということはままあった。

「それだけで肚の虫が癒《い》えればよいがの。主君というのはわがままなものだ」

「………」

亨の顔色がなくなった。

父桂右衛門の言葉が、松平伊賀守だけでなく、曲淵甲斐守のことも含んでいると気づいたからであった。

「気を付けよ」

そう言い残すと、桂右衛門は席を立っていった。

「殿に見捨てられる……いや、誅伐《ちゅうばつ》される」

一人残された亨が震えあがった。

曲淵甲斐守は、不機嫌であった。

町奉行として毎朝登城し、城中で待機する。別段、なにをするでもなく、老中や将軍の呼び出しがなければ、昼過ぎまで座り続けるだけという苦行も原因だったが、最たるものは亨の対応のまずさにあった。

「なぜ、引っ立てて吾《わ》がもとまで連れてこなかったのだ」

家臣が町奉行所の内与力を襲った。それだけで大きな貸しを寺社奉行に作れた。寺社奉行の多くが、大坂城代、京都所司代などを経て、老中へ出世していく。将来の老中に伝手と負い目を持たせる好機を亨は無にした。

「若いな。内与力にするには早かったの」

することがないと人は、どうしても悪いほうへものごとを考えてしまう。

「北町ではなく、南町に預けたのは、不幸中の幸いであった」

曲淵甲斐守は亨の行動の一つを認めていた。駆けつけたのが北町奉行所から手札をもらっている御用聞きであったというだけで偶然でしかないが、それでも北町奉行の己の管轄に捕らえられたのは大きい。

「儂に反発している町方の連中とはいえ、捕縛した者をどうこうすることはあるまい」

内与力は町奉行の懐刀だ。代々町方の役人を務め、他職への異動がまずない町奉行所の与力、同心は町奉行を上司とは思っていない。

上へ登っていくための腰掛けとしか見ていなかった。なぜなら、町奉行が出世して大目付、留守居、大番頭などになっても、与力、同心にはなんの得もないのだ。

「よく尽くしてくれたゆえ、そなたを旗本身分へ引きあげてくれる」

「そなたの手柄で大目付へなれた。番士へ推薦しておいた」

一度たりとても、過去にそういった褒美を受けていない。同心が与力へ出世した例はあるが、これも数えられるていどであり、不浄職と蔑《さげす》まれる町方からの脱出はできていなかった。

「町奉行が誰であれ、我らは町方である」

与力、同心が僻《ひが》むのは無理のないことである。また、代々八丁堀という狭い組屋敷で生活しているということ、他の与力、同心が町方を嫌うというのもあり、組内でのつきあいしかしておらず、通婚も養子縁組もなかだけでおこなっている。

町方役人の絆は太い。

町奉行が多少の金を撒《ま》いたり、懐柔したところで効果は出なかった。

「北町も南町も与力、同心は同じ町方だが、一応の縄張りはある。北町の手柄を南町が奪うことはできぬ」

亨が捕まえた松平伊賀守の家中は、浪人と言い張っている。浪人は武家ではなく、庶民扱いを受ける。

問題は、現在月番は南町だというところにあった。月番、非番は一カ月ごとの交代で、月番の町奉行は大門を開き、治安の維持、庶民たちの訴訟を受付ける。もちろん非番だからといって休みではなく、表門を閉じてはいるが、月番であったときの所用の継続、処理をしている。ただ、犯人の捕縛、取り調べは月番の仕事であり、基本として非番の町奉行所はかかわらない。

つまり、捕まえた浪人と自称している侍の身柄は、南町に優先権がある。南町が伊藤卓也の身柄引き渡しを求めてきたら、北町は拒めない。

とはいえ、手柄の横取りは御法度であった。

町方役人に異動はないが、手柄を立てれば筆頭与力、筆頭同心への出世はある。筆頭になれば禄や扶持が加えられるだけでなく、町屋からもたらされる余得も増えた。手柄は町方役人の生活に直結している。

「念のため、話だけは通しておくか」

曲淵甲斐守が、同役の南町奉行牧野大隅守《まきのおおすみのかみ》のところに近づいた。

「大隅守どの、少しよろしいかの」

「なにかの、甲斐守どの」

牧野大隅守が応じた。

曲淵甲斐守より、牧野大隅守は一年早く町奉行の職にある。勘定奉行を長く務めていた能吏であった。

「じつは……」

曲淵甲斐守が事情を語った。

「貴殿が任じた内与力を襲った浪人でござるか。ふむ、それは主君として見過ごせませぬな。よろしかろう。その者にかんしては、貴殿にお任せいたす。手出しをいたさぬよう与力に申しておく」

「かたじけなし」

承諾した牧野大隅守に、曲淵甲斐守が一礼した。

これも借りには違いないが、軽い。同じようなことはままある。そのときに融通を利かせるだけで返せるていどのものでしかなかった。

城中で弁当を遣えば、あとは下城時刻を待つだけとなる。曲淵甲斐守は、昼八つ（午後二時ごろ）になるなり、江戸城を下がった。

「どれだけ書付が溜《た》まっておるか」

北町奉行所まで乗っている駕籠《かご》のなかで曲淵甲斐守が嘆息した。

町奉行の職務は多岐にわたる。主たる任は、将軍のお膝元《ひざもと》である江戸の治安維持であるにはまちがいないが、他にも町人地の支配、火消し、小石川療養所の監督、隅田川の水防などありとあらゆるものを決裁しなければならない。

そのすべてに町奉行は目を通し、花押を入れる。なにせ配下の与力たちが信用できないのだ。適当に流すことはできなかった。

「戻った」

執務室に入った曲淵甲斐守を内与力の一人が出迎えた。

「山上《やまがみ》、なにか報告すべきはあるか」

「別段ございませぬ」

問われた山上と呼ばれた内与力が答えた。

内与力は、町奉行によって違うが、通常三名から五名ほどが任じられる。その任にある間は、曲淵甲斐守からではなく、幕府から禄を給された。

「よし。書付をよこせ」

うなずいた曲淵甲斐守が、筆を手にした。

四

日が落ちれば、江戸の町は閑散となる。吉原や両国、柳橋など歓楽を扱う商いの店が並んでいるところは、夜を徹して人が集まるが、江戸城近くになると人気《ひとけ》は一気になくなった。

「六つ（午後六時ごろ）の鐘が鳴り申した」

大番屋の当番同心が左中居作吾へ報告した。

「こちらを」

当番同心が揚屋の鍵《かぎ》を左中居作吾に手渡した。

「ご苦労」

受け取った左中居作吾が、手を振って当番同心を追い払った。

「……やっと放免か」

大番屋の揚屋に入れられている伊藤卓也が、左中居作吾の登場に安堵の顔を見せた。

「手続きが煩雑でな」

面倒だったと左中居作吾が告げた。

「さっさと出してくれ」

事情などどうでもよいと伊藤卓也が求めた。

「うむ。開けるぞ」

左中居作吾が鍵を開けた。

「……ふうう」

背を曲げなければ出入りできない小さな戸から、伊藤卓也が外へ足を踏み出した。

「助かった」

伊藤卓也が大きく息を吸った。

「さっさと出ていってくれ。ここは下手人などを留め置くところだ。咎なき者には縁なき場所だ」

左中居作吾が出入り口を指さした。

「差し料を返してくれ」

「ああ」

太刀と脇差の返却を求めた伊藤卓也に、左中居作吾が壁に立てかけてあった両刀を手渡した。

「うん……これは、紙縒《かみよ》りで封じがなされているではないか」

伊藤卓也が鍔《つば》の穴と鞘《さや》の栗形《くりかた》を括《くく》っている紙縒りに気づいた。

「大番屋のなかで抜かれてはたまらぬからな」

「外に出れば外してよいのだな」

「もちろんだ。一歩出れば、大番屋とはかかわりがなくなる。とはいえ、見えなくなるまでは、気を遣ってくれ」

確認した伊藤卓也に左中居作吾がうなずいた。

「ならば、世話になった」

思いきり嫌そうな顔で、伊藤卓也が別れを告げた。

「ああ。二度とここには来るな」

左中居作吾が見送った。

「……来られまいがの」

伊藤卓也が出ていき、閉じられた戸障子へ左中居作吾が呟いた。


大番屋は八丁堀の外れにある。周囲はほとんど大名屋敷で、日が暮れると人通りは少なくなった。

「……伊藤」

松平伊賀守の上屋敷へと向かっていた伊藤卓也を呼び止める声がした。

「誰だ……松山《まつやま》」

誰何《すいか》した伊藤卓也は、近づいてきたのが同藩の顔見知りと知ってほっとした。

「出迎えに来てくれたのか」

「というより見送りだな」

「見送り……国元へ帰されるのだな」

江戸でもめ事を起こした藩士を国元へ追いやることは多い。伊藤卓也が推測した。

「国元でもないが……」

すっと松山が太刀を抜いた。

「な、なにをする」

伊藤卓也が慌てた。

「ご家老さまの命だ。お家のため、死んでくれ」

「馬鹿な。拙者はお家のために働いたのだぞ」

両手を前に出して、伊藤卓也が松山を制した。

「しくじったではないか。お家のためが、お家を危なくした。その責は負わねばなるまい」

「……命をかけた拙者を」

伊藤卓也が呆然《ぼうぜん》とした。

「哀れだとは思うが、あきらめろ。墓参はしてやる。実家には累は及ばさぬとご家老さまは約束された」

松山が一歩間合いを詰めた。

「待て、待ってくれ。せめて殿にお目通りをさせてくれ」

家老の指示を撤回できるのは主君だけである。伊藤卓也が最後の望みにすがった。

「屋敷へ入れるわけにはいかぬ」

はっきりと松山が首を左右に振った。

「くそ、忠義を尽くした報いがそれか」

伊藤卓也が憤った。

「おぬしは、あの場で死んでおくべきだったのだ。いや、相討ちをすればよかった。町奉行の内与力、その骸《むくろ》を路上に晒《さら》す。それがおぬしの役目であった」

「必死で果たそうとしたのだぞ」

まだ伊藤卓也はあきらめなかった。

「結果がすべてだ」

冷たく松山が拒否した。

「おのれっ」

ここにいたってようやく伊藤卓也が決断した。右手を腰に伸ばし、太刀の柄《つか》を握った。

「……えっ」

太刀を抜こうとした伊藤卓也が間の抜けた声を出した。

「抜けない……あっ、紙縒り」

伊藤卓也が思い出した。

「どうした」

焦る伊藤卓也に、松山が迫った。

「紙縒りが、紙縒りが……待て、待ってくれ」

伊藤卓也が必死に願った。

「わからぬか。なぜ、紙縒りが付けられていたかを」

松山がゆっくりと太刀を振りかぶった。

「まさか……町方も」

理解した伊藤卓也が絶句した。

「町方とは敵であったはずだ。他人の懐へ手を入れるような連中と手を結ぶなど……」

「まだわからないのか」

わめく伊藤卓也に、松山があきれた。

「なにがだ」

「おまえが捕まったからだ。おまえの身柄を放してもらう代わりに、こちらは富くじの利を一つ、黙って手放さなければならなくなった」

松山が憎々しげに告げた。

「……あっ」

「わかったならば、黙って死ね」

唖然《あぜん》とした伊藤卓也の肩へ、松山の太刀が落とされた。

伊藤卓也の斬殺死体は、翌早朝に発見された。

「死体が……死体が」

見つけた町人が、大慌てで番所へ駆けこみ、そこから月番の南町奉行所へと連絡が行った。

「戸板で運べ」

身形がどうであれ、死体は一度大番屋へと運ばれる。そこで与力による検死を受けた。

「なにか身許《みもと》のわかるものはないか」

南町奉行所の与力が、実際に検死をおこなっている同心に問うた。

「それらしいものはございませぬ」

死体を裸にし、ふんどしのなかまで確認した同心が首を横に振った。

「浪人にしてはまともな身形だな」

与力が伊藤卓也に近づいた。

「月代《さかやき》は少し伸びているようだが、これくらいなら二日ほどだろう」

旗本、藩士など侍身分の者は、髭《ひげ》と月代を伸ばしてはならない。さすがに毎日剃《そ》ることはないが、目立たないうちに処理する習慣があった。

対して浪人は身形に気を遣う余裕がなかった。武士と違って禄もなく、明日の保証もなされない浪人に、月代や髭を手入れする金や手間もない。

「襟も垢《あか》じみてねえな」

与力が血に染まった伊藤卓也の着物を観察した。

「髭もなし、襟もまとも。浪人とは思えねえ」

与力が伊藤卓也の死体から離れた。

「あるいは暇を出されたばかりということも」

昨今どこの大名、旗本も人減らしに躍起になっている。昨日まで禄を与えていた家臣を今日放逐するのも当たり前のようにやられていた。

「人相書きを作らせろ。あと、差し料だけ置いておけ」

「はい」

与力の指示に同心が首肯した。

死体は長く置いておけなかった。人でも動物でも、死ねばすぐに腐敗が始まる。それでも放置していると腐汁が溢《あふ》れ、大番屋の土間に染みこんでしまう。そうなれば土を入れ替えて叩き直さなければ臭《にお》いが残る。

「書付も頼む」

さっさと与力は、大番屋を後にした。

# 五

一通り、書付の処理、実務の指図などを終えた曲淵甲斐守は、家臣から内与力に任じた一人の山上を呼びつけた。

「なんでございましょう」

執務部屋前の廊下で、山上が膝《ひざ》をついた。

「大番屋に亨が押さえた侍が一人拘留されておるはずじゃ。その者を奉行所まで連れて参れ」

曲淵甲斐守が命じた。

「では、早速、同心に……」

「町方の者を使ってはならぬ。そなたが直接受け取って参れ」

同心部屋へ向かおうとした山上を、曲淵甲斐守が止めた。

「わたくしがでございまするか」

「そうだ。そなたが大番屋へ出向け。まさか、場所を知らぬと申すつもりではなかろうな。そなたを内与力にして何日経《た》つと……」

　怪訝な顔をした山上に曲淵甲斐守が苛ついた。

「いえ。承知しております。ただちに」

　主君に睨まれるのは家臣として、なにをおいても避けなければならない。急いで山上が出ていった。

「まったく、役立たずどもばかりだ」

　曲淵甲斐守が吐き捨てた。

「天下の名将武田信玄に仕え、甲州の名門として知られた曲淵が、万石に足らぬなどあり得ていい話ではない」

　旗本曲淵家は、武田信玄のもとで上野《こうずけ》国攻略に手柄を立てた正左衛門吉景《せいざえもんよしかげ》の子孫であった。織田信長によって武田家が滅ぼされた後、徳川家に仕えた。旗本となってからは武ではなく筆で出世を重ねてきた。甲斐守は本来家督を継げない次男であったが、兄景福の急死によって当主になった。

「儂は曲淵を大名にするため、一所懸命に奮戦しておるというに、家臣どもがあれでは……」

苦い顔を曲淵甲斐守がした。曲淵甲斐守は、小姓組を皮切りに小十人頭、目付、大坂西町奉行を歴任、四十五歳の若さで江戸北町奉行に抜擢《ばってき》された。江戸町奉行は、将軍のお膝元を預かるだけに責任も重く、治安だけでなく行政にも精通していなければならなかった。まさに旗本を代表する能吏だけが就ける栄誉ある役目であった。

「儂が立身すれば、己たちの禄も増えるとなぜ思わぬのだ。儂が大名になったあかつきは、譜代の者をすべて上士として、百石以上くれてやるつもりでおるのに。主の心、臣わからずじゃ」

文句を言いながら曲淵甲斐守が、残った書付の処理を再開した。

「お奉行さま」

半刻（約一時間）ほどして山上が戻ってきた。

「早かったな」

曲淵甲斐守が少し驚いた。

罪人を召し連れるというのは手間がかかる。目的を持って歩くのとは違う。罪人は町奉行所へ連れていかれるのを嫌がる。拷問とまではいかずとも厳しい詮議を受け、刑罰を科せられるのだ。無駄だとわかっていても抵抗する。逆らおうとする罪人を連れての移動は、かなり面倒なものであった。

「召し連れたか。白州へ……」

書付を置いて、曲淵甲斐守が腰をあげかけた。

「それが……」

主君の指図を遮って山上が話しかけて、口ごもった。

「なんだ」

動きを中断させられた曲淵甲斐守が機嫌の悪い声で問うた。

「大番屋に武家はおりませなんだ」

言いにくそうに山上が告げた。

「……なんだと。そんなはずはない。たしかに亨が大番屋へ預けたと申しておったぞ」

曲淵甲斐守が否定した。

「ですが、大番屋の当番同心に問いましたが、そのような者は大番屋にはいないと」

「まったく、使いもろくにできんのか。そなたでは話にならぬ。竹林をこれへ」

言いわけしようとした山上を叱り、曲淵甲斐守が吟味方与力を呼べと言った。

「……御用でございまするか」

呼びつけられた北町奉行所筆頭与力竹林一栄《かずえ》が、山上に連れられて顔を出した。

「大番屋を管轄しておるのは、そなただな」

「はい。代々大番屋は吟味方与力筆頭が預かる慣習でございまする」

犯罪を起こした者を牢屋敷へ送るまで拘束するのが大番屋である。年番方や、例繰り方では扱いかねる。

「大番屋の侍をどうした」

竹林一栄がうなずくのを見てから、曲淵甲斐守が問うた。

「なんのことでございましょう」

はてと竹林一栄が首をかしげた。

「なにを言うか。一昨日、亨が捕らえたであろう」

「わかりかねまする」

詰問する曲淵甲斐守に、竹林一栄が首を横に振った。

「もし城見どのが、なにかしらで拘束した者を大番屋へお連れになられたとしたら、引き受け証文があるはずでございまする」

　町奉行所も役所である。なにをするにも書付はついて回った。

「わたくしは見た覚えがございませぬ。お奉行さまはご覧になられたのでございましょうや」

　不思議そうな顔で竹林一栄が尋ねた。

「…………」

　曲淵甲斐守が黙った。

　一昨日から今まで、百枚近い書付を処理してきた。曲淵甲斐守は、目を閉じて処理した書付を思い出そうとしていた。

「……なかった」

「でございましょう」

　竹林一栄が曲淵甲斐守の呟きに反応した。

「山上、そなたは、余が亨を咎めたことを知っておるな」

　曲淵甲斐守が、矛先を内与力山上へと向けた。

「城見が、殿のお怒りを受け、屋敷での謹慎を命じられたことは存じておりまするが、なにの咎だったかまでは」

山上も頭を左右に振った。

「誰もいなかったのだな。大番屋の揚屋には」

「はい。揚屋には誰の姿もございませんでした」

確かめるための質問に、山上がはっきりとうなずいた。

「お調べいたしましょうや。大番屋の当番を調べれば」

竹林一栄が申し出た。

「そうだな。今日中にできるな」

「ただちに」

言われて竹林一栄が立ち去っていった。

「わたくしはなにを」

山上が訊いた。

「……控えへ戻れ」

曲淵甲斐守が手を振った。

「……ふん」

二人ともいなくなった執務室で、曲淵甲斐守が鼻を鳴らした。

「愚か者どもめが。いなければどうにもなるまいと考えたようだが……亨が侍の顔を覚えておるのだ」

曲淵甲斐守が口の端を吊《つ》りあげた。

「……山上も妙であったな。大番屋に目的の者がおらぬならば、探すなり当番に問うなり、相応のときがかかる。それが、往復ていどの手間で戻ってきおった」

苦く曲淵甲斐守が頰《ほお》をゆがめた。

「すなわち大番屋にいた町方役人の言葉をそのまま受け取った証《あかし》」

処理しなければならない書付を放置して、曲淵甲斐守が独りごちた。

「言葉を鵜呑《うの》みにせず、十分な確認をする。それくらいはできて当然な者を選んで、内与力に据えた。にもかかわらず……」

曲淵甲斐守が目つきを剣吞《けんのん》なものにした。

「金をもらったな」

家臣の行動から曲淵甲斐守は推測した。

「内与力は町奉行と町方役人の間を取り持つのが仕事じゃ。多少のつきあい、なれ合いはいたしかたない。いや、推奨すべきであろう」

町方の仕事は、独特な慣習や仕組みで動いている。町奉行になったからといって一朝一夕でなじめるものではなかった。

代々、そればかりやっている町方役人の協力なしに、町奉行は務まらない。

しかし、町奉行と町方役人の間には大きな隔たりがある。まず、身分が違う。町方役人は罪人を扱うことで不浄とされ、目通りがかなわない。つぎに禄が違いすぎる。町奉行が三千石という高禄であるのに対し、町方役人は与力で二百石内外、同心にいたっては三十俵に二人扶持そこそこである。おおざっぱに一石一両として、旗本は四公六民なので、町奉行は一千二百両、与力が八十両、同心が十二両になる。その差は歴然であった。

そしてもっとも大きな隔意は、出世にあった。不浄だとして町方役人は差別され、どれほどの手柄を立てたところで、他の役目への栄転はない。だが、町奉行は不浄の役目の頭であるにもかかわらず出世頭とされ、無事に勤めあげれば大目付、留守居とさらなる出世を遂げる。

婚姻にも困る町方役人としては、出世の階段を登り詰めようとしている町奉行は、妬《ねた》み以外のなにものでもなかった。

　根本から反りの合わないといえる。江戸の治安にかけるしかない町方役人と、腰掛けでしかない町奉行、反発して当然の両者を繋ぐ、それが内与力の使命であった。

「町方役人の機嫌を取るため、たまには主君の悪口を言うくらいはいい」

　内与力に選ばれる家臣は、五十石ていどの者が多い。手取り八十石の与力たちに近いというより、まだ低い。

　百石、五人泣き暮らしと庶民から揶揄《やゆ》される武家の逼迫ぶりからいくと、五十石などまずまともに生活できない。しかも五十石は表高で、手取りは二十石ほどなのだ。庶民よりましなのは、住まいが主君から与えられ、家賃が要らないだけで、年収二十両ほどで武士としての体面を保ちつつ生活するのは厳しい。

　曲淵甲斐守は内与力が町方からの金に堕ちると読んでいた。

「だが、主君の足を引っ張るようになってはいかぬ。どれほどの金を積まれたところで、主家が滅びたら、己も浪人になる。そうなったときは、誰も手をさしのべてはくれぬ。町方が内与力の機嫌を取るのは、主君が町奉行だからだ。町奉行を離れたら、元内与力など町方にとっては路傍の石以下。それに気づかぬようでは、今後は使えぬ」

曲淵甲斐守が、山上を見捨てた。

「亨は若いだけに、まだすれておらぬ。というより、理想を追っておる。後ろ暗い金など、受け取るはずはない」

亨を世間がわかっていないと曲淵甲斐守が評した。

「あやつを吾が矛として今後も使い、山上を町方役人どもの細作として利用する。手の内を知りながら、相手の罠にはまった振りをする。そして反撃の機を窺《うかが》い、町奉行所を制する」

曲淵甲斐守が眉間《みけん》に寄っていたしわを解《ほぐ》した。

「そうとなれば、まずは手元の仕事を片付けねば、こちらが足を掬《すく》われることになる。書付に仕掛けをしてくるやも知れぬのだ。中身を確認してからでなければ、承認できぬ」

手を伸ばした書付に曲淵甲斐守が集中した。

# 第二章　駆け引き

## 一

大叔父播磨屋伊右衛門に釘を刺されたからといって、大人しく店でじっとしているようでは、端《はな》から大坂を出て江戸まで男を追いかけてなどこない。

「よろしんでっか、嬢《いと》はん」

咲江の祖父西海屋得兵衛《とくべえ》が江戸行きに付けた手代の伊兵衛《いへえ》が、不安そうな顔をした。

「構へんねん。大叔父はんは、お屋敷に行ったらあかんとは言いはったけど、近づいたらあかんとは言いはらへんかったし」

咲江が嘯いた。

「ごまかしでっせ、それ」

伊兵衛があきれた。

「なんのために、あんたをわざわざ呼び出して、連れてきたと思うてんの。大叔父はんの付けてくれたお人やったら都合悪いからやで。甲斐守さまのお屋敷の側《そば》まで行きたい言うたら止められるし、芝居見に行くと嘘吐いて行っても、後で大叔父はんに報告されるやろ。その点、あんたはお祖父《じい》はんの手や。告げ口しようにも、大坂までは聞こえへん」

「……ほんに怖いわ。女《おなご》を見る目が変わりましたわ。一生独身でええかなとちょっと思いましたがな」

堂々とした咲江に、伊兵衛が嘆息した。

「安心しい。城見さまの前では、おとなしゅうするから」

「余計に怖ろしいでんがな」

ぬけぬけと言った咲江に、伊兵衛が天を仰いだ。

「あきらめ」

咲江が冷たく伊兵衛をあしらった。

「さてと……曲淵甲斐守さまのお屋敷は、たしか木挽町《こびきちょう》三丁目の裏通りやったな」

「へい。三十間堀《さんじっけんぼり》にかかっている三原橋をこえて、二つ目の辻《つじ》を右に入った二軒目で」

咲江の確認に伊兵衛が答えた。

江戸の大名、旗本は表札を掲げない。初めての屋敷を訪ねるときは、あらかじめ切り絵図などで探してから行くのが常識であった。

「あの橋が三原橋やろ。火除《ひよ》け地《ち》の向こうに見えるのが甲斐守さまのお屋敷やろか」

歩きながら咲江が指さした。

何度も大火に遭った江戸の町は、類焼対策として火除け地を多く設けていた。ここで火事を止めるため、火除け地には建物が作られない。

「おそらくそうですやろ」

伊兵衛も同意した。

「橋渡ってすぐを曲がるで」

「えっ。お屋敷はもう一つ向こうの辻でっせ。火除け地の手前で曲がったら、なんもおまへんで」

咲江の指示に伊兵衛が怪訝な顔をした。

「阿呆やなあ。お屋敷前の辻を見てみいや」

「………………」

言われた伊兵衛が火除け地越しに、曲淵甲斐守らの屋敷が並ぶ辻を見た。

「武家屋敷ばっかりやろう」

「へい」

咲江の言葉に伊兵衛がうなずいた。

「そんなところで曲淵甲斐守さまのお屋敷の門を見ながらじっと立っててみいな。目立ってしゃあないやん」

「なるほど」

伊兵衛が納得した。

「ですけど、嬢はん。この間の北町奉行所を見張ってたときと違《ちご》うて、この辺に茶店はおまへんで。どこで待ちますねん」

火除け地を挟んでも、ずっと立っていれば不審に思われるのではないかと伊兵衛が訊いた。

「ううう」

的確な指摘に、咲江が唸《うな》った。

「……どれくらいやったら、いけるやろ」

「ええとこ小半刻（約三十分）でっせ」

屋敷の門番に目を付けられないのはどのくらいかと問うた咲江に、伊兵衛が述べた。

「短いなあ」

咲江が残念そうな顔をした。

「一周したらよろしいねん」

落ちこんだ咲江に、伊兵衛が提案した。

「川沿いを北へ向かって、次の橋を渡ってこっちへ戻り、また三原橋からここへ回ったらすみますやろ。幸い川の周りは火除け地ばかり、遮るもんはおまへん。多少遠目になるときはおますけど、人の出入りくらいやったら十分見張れまっせ」

「ええな、それ」

咲江が伊兵衛を褒めた。

「ほな、行くで」

咲江が三原橋を渡った。

謹慎していた亨のもとへ、主君曲淵甲斐守からの呼び出しが来た。

「父上……」

謹慎中の呼び出しは、吉凶の二つしかない。

吉は処分が終わったか、取り消したかでもとの通りに内与力として務めに戻れることで、凶は役目を解くという軽いものから、放逐、最悪切腹までの咎めを与えられることだ。

「不安そうな顔をするな。そなたは武士である。武士ならば、己のやったことに対し、責任を持て。恥じぬと思うならば、胸を張って、殿の前へ出よ。しくじったと思っているならば、ここで腹を切れ。父が介錯《かいしゃく》をしてくれようほどに」

桂右衛門が肚をくくれと叱咤《しった》した。

「決して恥じてはおりませぬ」

亨は顔をあげた。

「よし。ならば堂々と行って参れ」

満足そうにうなずいた桂右衛門に見送られて、亨は屋敷を出た。

「あれ、城見はんや」

三周目の巡回に入っていた咲江が、亨に気づいた。

「よう、わかりまんな。三十間堀を挟んでますのに」

伊兵衛が感心した。

「どんな遠目でも愛《いと》しい男はんを見逃す女なんぞ、おるかいな」

咲江が言い返した。

「嬢はん、なにしてはりますのん。話しかけはらへんのでっか」

動こうとしない咲江に、伊兵衛が首をかしげた。

「そんなことしたら待ち伏せしてたと思われるやん」

「……してましたやん」

「なんぞ言うたか」

「言うてまへん」

すごんだ咲江に、伊兵衛が慌てて首を左右に振った。

「………」

伊兵衛と口げんかをしながらも咲江は、ずっと亨を見つめていた。

武家は道を歩くとき、まっすぐ前を見つめ、あまりきょろきょろしない。亨は咲江に気づかず、三原橋を渡った。

「……あれ」

目で亨を追いかけていた咲江が、怪訝そうな声を出した。

「どないしはりましたん」

一緒になって亨を見てもおもしろくない。三十間堀の流れを観察していた伊兵衛が、咲江の声に反応した。

「あれ、おかしないか」

咲江が亨の十間（約十八メートル）ほど後ろにいる町人を指さした。

「どれでっか……中年の尻端折《しりはしょ》りしたやつ……城見さまを付けている」

伊兵衛も気づいた。

「行くで、伊兵衛」

「なにしはるおつもりで」

歩き出そうとした咲江を伊兵衛が止めた。

「誰がなんのために城見はんを付けているのか、確かめるんや」

「あきまへん」

伊兵衛が首を左右に振った。

「なんでや」

「嬢はんを巻きこむわけにはいきまへん。決して怪我をさせるなと西海屋の旦那さまから念を押されてます」

理由を問うた咲江に、伊兵衛が告げた。

「お祖父はんか……」

咲江が嘆息した。

「嬢はんに危ない目を見せたら、わたい首でっせ。それも普通の首やない。上方中に奉公構いを出されます」

伊兵衛が強く言った。

奉公構いとは、店の金を盗んだとか、主人の娘に手出しをしたとか、とてつもない不始末をしでかした奉公人に出されるものだ。

この者はこういう不手際をいたしました。よって当家から放逐し、一切のかかわりはございません。こう書いた書付が、町内、取引先に回される。それだけですめば、たいしたことはないが、滅多に出されるものでないだけに、もの珍しさもあって、その写しがさらに出回るのだ。それこそ上方一円に拡がる。

奉公構いを出された奉公人は、どこの店でもまず雇わない。雇い入れた場合は、西海屋と敵対することになる。

「……わかった」

伊兵衛の人生を狂わせる。それは咲江にできることではなかった。

「そやけど……」

すでに亨の姿は橋をこえ、対岸の辻へと入っている。見えなくなった亨のことを咲江は案じた。

「嬢はん、決して一人で走り出さないと約束してくれまっか」

「……ええけど」

伊兵衛の確認に、咲江は首肯した。

「ほな、行きまひょ」

「どこへ……」

歩き出した伊兵衛へ、咲江が問うた。

「大声ぐらい出せますやろ。城見さまに危険が迫ったら、大声あげて他人目《ひとめ》を集めてやったら、助けくらいにはなりまっせ」

「ほんまやな。おおきに、伊兵衛」

申し出た伊兵衛に咲江は感謝した。

「もしなんぞあったときは、嬢はんが雇ってくださいや」

「任しい。あたしが城見さまの嫁になったとき、武家奉公人として抱えたげるで」

咲江が笑った。

亨の後を付けていたのは、竹林一栄から手札を預かっている御用聞き吾妻屋《あづまや》嘉助《かすけ》であった。

「親分、どないします」

吾妻屋嘉助の背後に従っていた手下が尋ねた。

「どうやらまっすぐ常盤橋《ときわばし》へ向かってるようだな」

北町奉行所は常盤橋御門内にあった。

「おい、和吉《わきち》。おめえ、先回りして竹林の旦那に報告してこい」

「へい」

命じられた手下が、すっと脇道へ逸《そ》れた。

「内与力さまを付けるなんぞ、初めてのことだ。旦那はなにをお考えなのか」

一人になった吾妻屋嘉助が小さく頭を左右に振った。

筆頭与力から手札をもらうだけに、吾妻屋嘉助は町奉行所の内情に詳しい。内与力が、町奉行になった旗本の家臣から選ばれて、町奉行所との折衝を担当すると知っていた。

「内与力さまは、筆頭与力さまと同じ扱いを受けると聞いたが……その内与力さまを見張り、どこへ行くかを見届けろなんぞ……」

気づかれないよう亨の背中ではなく、踵《かかと》を見ながら吾妻屋嘉助は後を付けた。

「同じ北町同士でなにをしてるのだか」

小さく吾妻屋嘉助が独りごちた。

「おそらく、いや、まちがいなく竹林の旦那には、なにかしらの考えがあるんだろう」

吾妻屋嘉助が己を納得させた。

御用聞きは旦那から手当をもらっている。もちろん、町奉行所の与力、同心が出す手当で手下を雇い、家族を養っていくことなどはできない。せいぜい月にもらえて一両、通常は二分ていどなのだ。

それでいながら御用聞きを務めるのは、やはり余得があるからであった。

定町廻り同心に担当地域があるように、御用聞きにも縄張りがあった。名のある御用聞きともなると一人で十町や二十町を占めている。無名の御用聞きでも数町は支配している。

その手にしている町内の商家から、御用聞きへ気遣いの金が出る。これは町方役人の出入り金と同じで、なにかあったときに便宜を図ってもらうための賂である。

これが大店になると年に十両、その辺の小さな店で年に一両ほどくれる。もちろん、出さない店も多いが、もらえるだけでかなりの金額になった。

いわば担当する町内が、御用聞きの収入になる。その収入の源となる縄張りを維持するために、手札をもらっているのだ。

後ろ盾が弱いと、新しく入りこもうとする者に追いやられてしまう。ちゃんとした与力、同心から手札をもらっていれば、こういうときの助けになる。

「おいらの手札に文句があるのか」

町方役人にこうすごまれては、縄張りを狙った者は引くしかない。町方役人は、町人を管轄する。それこそ、気に入らないというだけで捕まえることもできる。

「面倒だ」

吾妻屋嘉助がため息を吐いた。

「あっ、二手に分かれましたで」

伊兵衛は吾妻屋嘉助と手下の分離を見逃さなかった。

「ほな、こっちも……」

「あきまへん。二手に分かれては認めまへん。お嬢はんを一人にできますかいな」

言いかけた咲江を伊兵衛が制した。

「……しゃあけど」

「播磨屋さんに報告しまっせ。そうしたら二度と店から出してもらえまへんで」

「ううう」

まだ言い募ろうとした咲江を伊兵衛が黙らせた。

「第一、人気《ひとけ》のある大通りにいてへんと、大声出す意味おまへんやろ」

「わかったわ。もうう」

咲江が拗《す》ねた。

若い男女が痴話喧嘩に近い口論をしていれば目立つ。行き交う人々が、咲江と伊兵衛に目をやっていた。

「……うん。なにか変だな。向こうから来る連中の目が一カ所を見ている」

吾妻屋嘉助が、その気配に気づいた。

「…………」

そこで振り向くようでは御用聞きなどはできない。吾妻屋嘉助はさりげなく首を傾けて背後を探った。

「若い女と奉公人か。痴話喧嘩をしててもおかしくはねえな」

吾妻屋嘉助が納得した。

「おっと、見失っちまう」

仕事を思い出した吾妻屋嘉助が亭の背中に集中した。

二

奉行所に着いた亭は、ただちに曲淵甲斐守のもとへと伺候《しこう》した。

「城見亭でございまする」

亭は閉じられた襖越《ふすまご》しに声をかけた。

「来たか、入れ」

すぐになかから応答があった。

「…………」

素早く亭は襖を開けて、なかに入り、平伏した。

「しばし待て」

曲淵甲斐守が書付の処理を優先した。

「……よし」

数枚の書付を片付けて、曲淵甲斐守が顔をあげた。

「亨、そなたに聞きたいことがあって呼び出した」

「なんなりとお尋ねくださいませ」

頭を心持ち傾けながら、亨が傾聴の姿勢を取った。

「そなた三日前に、寺社奉行の家臣と戦ったな」

「はい。二人を斬り、一人を捕らえましてございまする」

そのことで謹慎を命じられたのだ。亨はすぐに答えた。

「相違ないな」

「まちがいございません」

念を押した主君に、亨はうなずいた。

「それがなにか」

問われる理由がわからず、亨は質問した。

「その家臣がいなくなった」

「えっ」

言われた亨が変な声を出した。

「昨日、山上に連れてくるよう命じたが、大番屋にそのような者はおらぬと手ぶらで帰って参った」

「そのようなはずは……」

「竹林を呼んで確かめてみたが、引き受け証文さえないと言われたわ」

腹立たしげに曲淵甲斐守が述べた。

「わたくしはたしかに北町の同心板谷《いたや》どのから手札を受けている神田の次郎という御用聞きに預けましてございまする」

嘘を吐いていないと亨は主張した。

「安心せい。そなたを疑っておらぬ。そなたはそのような企みはできぬ」

褒めているのかいないのか、わからない言い方で曲淵甲斐守が信用していると告げた。

「どういたしましょう」

亨が尋ねた。

「そなた、大番屋へ参れ」

「大番屋で調べてくるのでございまするか」

曲淵甲斐守の命を亨が復唱した。

「うむ。徹底して調べて参れ」

「はっ」

行けと指示された亨は、執務室を出た。

「待て、城見」

奉行所の内玄関へいたったところで、亨は呼び止められた。

「山上どの」

振り返った亨は、歳上《としうえ》の同僚を見つけた。

「慎みは解けたのか」

「いえ。一時、御用を命じられただけでございまする」

たしかに曲淵甲斐守は一言も許すとは口にしていなかった。

「御用……なんだ」

「大番屋へ行き、わたくしが捕まえた侍のことを調べて参れと」

亨は内容を告げた。

「そういえば、山上どのが行かれたのでございましたな」

先ほど曲淵甲斐守から聞いた話のなかに、山上の名前が出てきたことを亨は思い出した。

「いなかったぞ」

「……おかしな話でございまする。その理由を探らなければなりませぬ」

言われた亨が首をかしげた。

「では、御用中でございますれば、ごめん」

主君の命を受けている。同僚とはいえ、話を続けていては御用を果たせない。亨は山上に断って、内玄関を出た。

「まずいな」

山上が足早に町奉行所の奥へと向かった。

「竹林どのはおられるか」

与力控えに山上が駆けこんだ。

「山上どの。こちらでござる」

筆頭与力は控えでも格別な扱いを受ける。一人、屏風《びょうぶ》で仕切られた奥にいた。密談するにも都合がいい。

「お報《しら》せいたしたいことが」

「どうなさいました」

屏風の奥で向かい合った竹林一栄が訊いた。

「さきほど城見が……」

「……門番から城見どのがお出《い》でとの報告は受けておりましたが……そのような御用でございましたか」

筆頭与力の権力は、奉行所の隅々まで届いていた。

「どうなさるおつもりでござろうや。城見がなにかを見つければ……」

山上が顔色を変えた。

筆頭与力ともなると町奉行でもそうそう更迭はできない。今回のことが曲淵甲斐守にばれたとしても、竹林一栄は筆頭与力を外されるだろうがそれ以上の咎めを受けない。

しかし山上はそうはいかなかった。

内与力といったところで幕府の直臣ではなく、曲淵甲斐守の家臣でしかない。曲淵甲斐守に生殺与奪を握られているに等しい。もし、山上が金で町奉行所の飼い犬に成り下がっていると知られれば、放逐される。

「お任せあれ。そのときのためのこれでござる」

竹林一栄が懐から一枚の供述書を出した。

「まあ、城見どのが帰ってくるのを待ちましょうぞ。それまでは、なにも起こりますまい」

山上の不安を竹林一栄が治めた。

「御用がなければ、お茶でもいかがか」

部屋の隅に風炉が切られていた。


亨が町奉行所の門を潜《くぐ》ったのを確認した咲江は、うれしそうに顔をほころばせた。

「慎みが解けたんや」

「そらよかった」

伊兵衛もほっとした顔をした。

「このままやったら、いつ嬢はんが無茶するかと不安で不安で」

「まったく大叔父はんにしても、伊兵衛にしても、あたしが考えなしの暴れ馬やと思ってるやろ」

　咲江が文句を付けた。

「そうですやろ。気に入ったからいうて、嫁入り前の娘が、大坂から江戸まで男の後を追うなんて、長屋の娘ならともかく、大坂で指折りの大店の嬢はんがなんぞ、初耳でっせ」

　伊兵衛が言い返した。

「ええやんか。別に」

　ふいと咲江が横を向いた。

「ほな、帰ろうか」

「えっ……」

　戻ろうと言い出した咲江に、伊兵衛がきょとんとした。

「城見さまが出てこられるのを待ちまへんので」

「謹慎明けは、いろいろと忙しいんや。屋敷に籠《こ》もっていた間の仕事も片付けんならんやろ。ええ女ちゅうのは、男はんの邪魔をせんもんや」

「はあ。まあ、よろしいわ。大人しく帰ってくれはんねんやったら、なによりですわ」

胸を張る咲江に、伊兵衛がそそくさと踵《きびす》を返した。

「……さっきの二人じゃねえか」

その様子を吾妻屋嘉助が見ていた。

「町奉行所に用があったわけじゃねえ。それでいて木挽町から、ここまで一緒とは考えられねえな。おいらの後を付けてきた」

「親分」

竹林一栄へ報告しに行っていた和吉が奉行所の門を出てきた。

「おい、和吉。あの二人を付けるぞ」

「なにかしでかしましたので」

「おいらの後を付けていた。どこのどいつかを調べる」

理由を問うた手下に親分が告げた。

「親分の後を……どこのやろうだ。江戸一といわれる吾妻屋の親分を知らねえとは」

和吉が驚いた。

「そんなことはどうでもいい。見失うなよ」

「へい」

今度は吾妻屋嘉助が、咲江の後を追い始めた。


町奉行所から大番屋まではさほど離れていない。

「北町の内与力、城見亨である」

大番屋の戸障子を開けて、亨は名乗りを入れた。

「なにか御用でござろうか」

当番同心が、亨に質問した。

「揚屋を見せてもらいたい」

「またでございますか。誰もおりませんが……」

亨の求めに、当番同心が面倒くさそうな表情をした。

「構わぬ」

「こちらでござる」

町奉行に直結する内与力の要求を拒むことはできない。当番同心が先に立った。

大番屋とはいえ、それほど広いわけではない。揚屋は板の間の奥にあった。

「鍵は開いておるか」

「開いておりまする」

確認した亭に、当番同心がうなずいた。

「……………」

茶室のにじり口よりは大きいが、立って入れるわけではない。中腰になった亭は揚屋に入った。

「いつから使われておらぬ」

「はっきりとはわかりませぬが、かなり長く揚屋は空いておりました」

亭の質問に当番同心が告げた。

「ふむう」

ゆっくりと揚屋のなかを見回した亭は、出入り口に近い格子側に黒い染みを見つけた。

「揚屋のなかに入っている者に、筆は貸されるのか」

「いいえ。揚屋の者には筆を使う許しは出ませぬ」

「用便はどうするのだ」

食べものは格子の隙間から与えられても、用便はできない。亨は疑問を口にした。

「その奥の隅をご覧くだされ。そこに四角く穴が切られておりましょう」

「……たしかに。ここですするのか」

亨が穴を覗《のぞ》きこんだ。

「さようでございまする。その下には便壺《べんつぼ》が埋められておりまして」

「なるほど。で、溢れぬのか」

素朴な疑問を亨が投げかけた。

「葛西の百姓が取りに参りますので、そのようなことはございませぬ」

当番同心が大丈夫だと応じた。

「よくわかった」

亨は揚屋を出た。

「三日前の夜、大番屋の当番だったのは、誰か」

「北町では、板谷どのでござる」

当番同心が述べた。

「そうであったな」

亨は首肯した。

「……あれはなんだ」

出口に歩み寄った亨は、そこに貼られていた人相書きを読んだ。

「身の丈五尺三寸余（約百六十センチメートル）、痩せ形、武士風、面長、黒地小袖に小倉袴《こくらばかま》……」

「…………」

当番同心が黙って聞いていた。

「これは……」

「昨日運ばれてきた身元不明の死体の特徴でございまする」

「その死体はどこに」

亨は辺りを見回した。

「腐る前に埋葬せよとの与力さまのご意見もあり、すでに回向院《えこういん》へ運んでおりまする」

探している亨に当番同心が告げた。

「ずいぶん早いな」

「南町の取り扱いでございますれば」

詳細はわからないと当番同心が首を横に振った。月番の南町奉行所のやり方に北町奉行所が口出しするわけにはいかない。

「邪魔をした」

亨は訊くだけ訊いたと大番屋を後にした。

三

大番屋を出た亨は、北へと進み神田を目指した。

「ちと伺いたい。神田の次郎という御用聞きはどこにおるか」

神田に入ったあたりで、亨は通りすがりの男に尋ねた。

「神田の親分さんでしたら、明神さまの手前でござんすよ。伊東屋《いとうや》という古着屋がそうで」

「かたじけない」

礼を述べた亨は、伊東屋を探した。

「……あれか。店先に古着が吊してある」

江戸で着物は高い。反物から着物を仕立てるのは、よほど金に余裕のある商人か、高禄の旗本、諸藩の家老くらいで、町人は古着で間に合わせていた。

「北町の城見である。次郎はおるか」

暖簾《のれん》代わりの古着を片手で除けながら、亨は伊東屋へ足を踏み入れた。

「あいにく、主は出ておりまして」

店を預かる番頭が申しわけなさそうに言った。

「いつ帰る」

「御用で出てますので、いつになるかは」

番頭がわからないと答えた。

「そうか。では、明日の朝、もう一度参る。神田の次郎にそう伝えておいてくれ」

いつ帰るかわからないものを待っているわけにもいかない。曲淵甲斐守への復命を翌朝に持ちこすのはまずい。少なくとも途中経過を報せておかなければ、曲淵甲斐守が承知してくれなかった。

日が暮れる前に亨は曲淵甲斐守のもとへ戻った。

「どうであった」

「揚屋に墨の跡がございました」

「墨……」

曲淵甲斐守が怪訝な顔をした。

「当番同心に聞きましたところ、揚屋に入っている者に筆は貸し出されぬと」

「……ほう」

亨の説明に曲淵甲斐守が関心を見せた。

「あと揚屋の厠《かわや》のことを尋ねましたところ……」

当番同心との遣《や》り取りを亨は語った。

「葛西の百姓が取りに来るか。しかし、それでの確認は無理であろう」

亨の話を曲淵甲斐守が否定した。

「なぜでございましょう。長く使っていなかった厠なれば、回収するものはなかったはず。葛西の百姓に聞けば、厠に使った跡があったかどうかは知れましょう」

亨は食い下がった。

「一日や二日の拘束、それも牢へ入れられているのだ。便意などもまず催すまい。使ったところで小用くらいであろう。小用ならば一日もあれば乾いてしまう」

「跡がなくなると」

「ああ」

曲淵甲斐守が首肯した。

「だが、よくしてのけた」

落ちこんだ亨を曲淵甲斐守が褒めた。

「…………」

「わからぬであろうな。厠のこと当番同心に問うたのであろう」

「はい。わたくしではわかりませんでしたので」

亨がうなずいた。

「今ごろ、大慌てで当番同心は筆頭与力に、そなたがなにをし、なにを問うたかを子細にわたって報告しておるだろうよ」

曲淵甲斐守が小さく笑った。

「そなたが戻ったとの報せも門番から届いておろうし……」

独りごちた曲淵甲斐守が、亨を見た。

「竹林を呼んで参れ」

「筆頭与力どのをここへ」

「そうじゃ。急げ。あと、誰がそなたになにを問おうが答えるな」

確認した亨に曲淵甲斐守が条件を付けた。

「わかりましてございまする」

亨は急いで奉行役宅から町奉行所へと移動した。

「筆頭与力どの、お奉行さまがお呼びでござる」

他家の者と話すとき、主君に敬称は付けないのが常識である。しかし、今は町奉行所の内与力としての立場になる。曲淵甲斐守は亨にとっても竹林一栄にとっても上司になった。

「ただちに」

屛風の奥から竹林一栄が内与力の山上を伴って現れた。

「城見、お奉行さまのお呼び出しは何用じゃ」

山上が訊いてきた。

「伺っておりませぬ」

亭は首を左右に振った。

「城見どの、大番屋へお出でだったそうでございまするが、なにかありましたかの」

今度は竹林一栄が問うてきた。

「すでにお奉行さままでご報告いたしておりますれば」

回答を亭は拒んだ。

「おい、城見。筆頭与力どのにその態度はよろしくなかろう」

山上が城見を叱った。

「ご無礼をつかまつりました」

言われた亭は頭を下げた。

「いえ、それほどのことではございませぬ」

気にしなくていいと竹林一栄が手を振った。

「………」

「おい、城見」

詫びた後、口を噤んだ亨に山上が声をかけた。

「なにか」

「筆頭与力どのの質問に答えぬか」

山上が促した。

「なにも申すなとお奉行さまよりご指示がございましたので」

亨がありのままを告げた。

「なんだとっ……」

「…………」

山上と竹林一栄が驚いた。

「城見、止まれ」

黙々と進んでいる亨の肩に山上が手を置いた。

「お奉行さまのお呼び出しでございますぞ」

遅滞は許されないと亨は反発した。

「落ち着け、城見。これは奉行所を円滑に回すために要ることだ。町奉行と町奉行所役人との間を取り持つのが、内与力の役目。このお呼び出しがなんなのか、筆頭与力どのが知っているのとそうでないのとでは大きな差になる。どのようなお話が出るかわかっていれば、あらかじめ心の用意ができる。対応に戸惑いが出なくてすむではないか」

山上が亨を説得した。

「……山上どの」

「な、なんだ」

亨からまっすぐに目を見られた山上がたじろいだ。

「お手をお離しあれ。お奉行さまに遅れた理由をまず説明いたすことになりますぞ」

「……わかった」

脅しに山上が引いた。

「お気遣いに感謝」

小声で竹林一栄が山上に礼を言ったのを、亨はしっかりと訊いていた。

その後は三人とも黙ったまま、町奉行役宅へと進んだ。

「筆頭与力どのをお連れいたしましてございまする」

「入れ」

亨の復命に、曲淵甲斐守の許可が返ってきた。

「お呼びだそうで」

なかに竹林一栄が入って、膝をついた。

「……山上も一緒か」

曲淵甲斐守が、廊下で控えている山上に気づいた。

「筆頭与力どのと打ち合わせをいたしておりましたので」

山上が言いわけを口にした。

「そなたも入れ」

「はっ」

言われた山上も執務室へ入り、襖際に腰を下ろした。

「亨、襖を閉め、余人を入れるな」

「承知」

亨が襖を閉じ、その前に座った。

「さて、忙しいときに呼び出したのは、昨日《さくじつ》命じた大番屋の侍の件だ」

「そのことなれば、終わったと認識いたしておりましたが……」

怪訝そうな顔で竹林一栄が述べた。

「亨にもう一度行かせたところ、揚屋に人がいた形跡を見つけてきた。当番同心に確認したところ、かなりの期間揚屋は使われていないとの返答があったことも添えておく」

「………」

一瞬竹林一栄が眉《まゆ》をひそめた。

「亨、そなたが侍を預けた小者は、誰の配下であったか」

「板谷どのと聞きましてございまする」

曲淵甲斐守の問いに亨は答えた。

「板谷をここへ」

「あいにく板谷は廻り方で出ておりまして、まだ奉行所へ戻っておりませぬ」

竹林一栄がいないと告げた。

「お役目とあればいたしかたない。奉行所へ戻り次第、ここへ連れて参れ」

「お奉行さま。これを」

曲淵甲斐守の命には応ぜず、竹林一栄が懐から一枚の書付を取り出した。

「なんじゃ」

差し出された書付を曲淵甲斐守が受け取った。

「ご披見を」

「うむ」

読んでくれと言われた曲淵甲斐守が書付に目を落とした。

「……これは」

一読した曲淵甲斐守が竹林一栄の顔を見た。

「ご覧いただいた通り、城見どのと侍の間に意趣遺恨があったという供述書でございまする」

竹林一栄が亨を見た。

「つまり、あの戦いは城見どのが一方的に襲われたのではなく、意趣遺恨によるものであり、これは喧嘩両成敗にあたるものであると推察いたしまする」

幕府は喧嘩両成敗を基本としている。そもそもの理由はなんであれ、かかわりのある者同士の諍《いさか》いは喧嘩として扱われた。

当初は浅野内匠頭の狂気と考えられていたものが、喧嘩両成敗だと幕府の考え方が変わったお陰で、赤穂浪士の討ち入りが死罪ではなく切腹という名誉ある武士の死となった。これが前例となり、私怨による戦いも喧嘩扱いとなっていた。

「喧嘩となれば、城見どのにも罪が科せられまする。人を斬り伏せたとなれば、城見どのも切腹となりましょう」

両成敗は、基本として等価である。死には死で償わなければならない。しかも家臣が人を斬ったとなれば、主君へも累が及ぶ。

「……腹を切りまする」

亨が叫んだ。

曲淵甲斐守の責任問題になる前に、自らで責任を取らなければならない。切腹すれば、武士の罪はそこで止まるのが慣例で、主君には届かずにすむ。

「静かにしておれ。亨。そなたが腹を切ってなんになる」

曲淵甲斐守が亨を宥めた。

「いかがでございましょう」

竹林一栄が曲淵甲斐守に降伏を迫った。

「それがどうした」

曲淵甲斐守が首をかしげた。

「おわかりでございませぬか。あの侍がことを表沙汰《おもてざた》にすれば、城見どの、ひいてはお奉行さまにも罪は及ぶと申しあげておりまする」

「侍はおらぬのだろう」

「さようでございまする。おわかりいただけたようで」

曲淵甲斐守が負けを認めたと思った竹林一栄が、安堵の表情を見せた。

「ということは、この紙切れは偽物ということになるな」

「えっ……」

竹林一栄が絶句した。

「そなたは奉行に、偽の書付を見せた。そうだな」

「偽ではございませぬ」

睨みつける曲淵甲斐守に、竹林一栄が焦った。

「では、侍はいたのだな」

「おりました」

「ならば、大番屋の当番同心が、山上と城見をだましたと」

「そうなりまする」

竹林一栄が当番同心を切り捨てた。

「そなた、なにを関係ないという顔をしておる。そなたも余に嘘を吐いておる」

「はて……」

竹林一栄は心当たりがないといった風を見せた。

「その前にもう一度問う。この書付は本物なのだな。これが最後だ。これ以降は言い換えは許さぬ。もし、そなたの言いぶんが事実と違っていたときは、その責を負え。その覚悟で答えよ。余も職をかけよう」

「………」

厳しく言われた竹林一栄が黙った。

「返答は」

「この書付もわたくしのところに回ってきたものでございまして、わたくしは確認をいたしておりませぬ。今一度確かめてからお答えさせていただきまする」

竹林一栄がときを稼ごうとした。

「ならぬ。奉行のもとへ筆頭与力がそのような怪しげなものを持ち出すなど論外である。それをわかっていなかったというならば、そなたを筆頭与力から外す。吟味方もな」

曲淵甲斐守が拒否した。

「それはあまりに横暴でございましょう」

竹林一栄が反発した。

「ほう、そなたは江戸の治安を預かる町奉行所が、真実かどうかもわからぬことで動いてよいと申すのだな」

「…………」

正しい反駁《はんばく》に竹林一栄が沈黙した。

「返答いたさぬか」

「…………」

もう一度急かした曲淵甲斐守に竹林一栄は反応しなかった。

「お奉行さま」

山上が発言を求めた。

「黙っておれ。余が気づいておらぬとでも思うたか。そなたの動きを見ていれば、すぐに知れる」

「……ひっ」

怒鳴られた山上が震えあがった。

「そなたのような者も要るゆえ、放逐せずに置いてやっておるのだ。いくらもらったかは知らぬが、筋をまちがえるなよ。そなたは余の家臣じゃ。そなたを放逐できるのは町方ではない、余だ」

「畏《おそ》れ入りまする」

町方役人から金をもらっているのを見抜かれていると知った山上が、平蜘蛛《ひらぐも》のように平伏した。

「竹林、猶予はこれまでじゃ。決断する肚のない者に町奉行所は任せられぬ。筆頭与力の職を……」

時間切れだと曲淵甲斐守が宣した。

「偽物でございました」

最後まで言われる前にと竹林一栄が大声を出した。

「……なにが偽物だ」

意地悪く曲淵甲斐守がもう一度言わせようとした。

「こ、この書付は偽物でございまする」

竹林一栄が告げた。

「城見に喧嘩両成敗は……」

「適応されませぬ」

曲淵甲斐守に要求された竹林一栄が述べた。

「そうか。では、用はすんだ。戻れ」

「お待ちを」

手を振って追い出そうとした曲淵甲斐守に竹林一栄が願った。

「なんだ」

「あの侍はおらぬでよろしゅうございましょうや」

今度は曲淵甲斐守が言質《げんち》を出すべきだと竹林一栄が要求した。

「いるかどうかは、余の知るところではないな。いればいる。いなければいない。そうであろう」

「ですが、その書付は偽物だと……」

「よいことを申した」

しつこい竹林一栄を曲淵甲斐守が褒めた。

「えっ……」

「この偽の書付を作った者を咎めねばならぬ。あやうくそやつを捕まえよと言うのを忘れるところであった。竹林、よくぞ思い出させてくれた。さすがは筆頭与力じゃ」

間の抜けた顔をした竹林一栄を曲淵甲斐守が讃《たた》えた。

「……」

竹林一栄が言葉を失った。

「そなたに任せる。かならずや余と筆頭与力たるそなたを偽ろうとした愚か者を探し出せ」

「……それは」

曲淵甲斐守の指示に、竹林一栄が困惑した。

「そなたは誰から、この書付を受け取った。まさか、机の上にいつのまにか置かれていたなどとは言うまいな。そのような出所のわからぬものを余のもとへ確認もせずに持ち出すほど、識見がない……」

資質を疑うと曲淵甲斐守がほのめかした。

「わたくしのもとに書付を持ってきた者はわかっておりまするが、その前となると……」

竹林一栄が逃げ道を作った。

「それも含めて、そなたがいたせよ。さあ、さっさとやれ。三日くれてやる。三日以内に調べきれぬようでは、預けてある吟味方を返してもらう」

「はっ、急ぎ」

これ以上曲淵甲斐守の側にいてはまずい。竹林一栄が大慌てで席を立った。

「山上、そなたも手を貸してやれ。ただし、逐一余に報告せよ。そなたを見過ごす意味は、そこにある」

次はないと暗に曲淵甲斐守が述べた。

「はい」

蒼白《そうはく》な顔色のまま、山上も去った。

# 四

「まったく」

二人がいなくなった後、曲淵甲斐守が嘆息した。

「出世のない者、主君の出世を吾がことと思っておらぬ者は、先を見ぬにもほどがある。十年先、二十年先も同じだと思いこんでおる。いや、明日より未来《さき》を見ておらぬのだろうな」

「…………」

曲淵甲斐守の嘆きに、亨は沈黙した。己も同じだとわかったからである。

「出世がすべてだとは、余も思っておらぬ。出世したところで、それを譲る吾が子がなくば、一代で終わる。家禄を増やしたとか、どこまで登ったとかいう名声だけしか得るものはない。そのようなもの、死んでしまえば墓にしか刻めまい」

「名を求めるのが武士ではございませぬか」

亨は怪訝な顔をした。

名誉を重んじ、名誉のためならば死も厭《いと》わないのが武士とされていた。

「家を大きくするのは武士としての本能といえる。いや、男として、人として当然のものだ。だが、それは次代のためだ。吾が子のためによいものを遺す。それが親としての願いであろう」

「はあ……」

「まだ嫁さえおらぬそなたでは、わかるまいな」

はっきりとした応答をしない亨に、曲淵甲斐守が苦笑した。

「まあよい。そのうちわかる。なぜ余が出世を望むのかをな」

「勉強いたしまする」

亨が答えた。

「亨」

曲淵甲斐守が声を厳しいものへと変えた。

「思慮深くせよとは言わぬ。そのつもりならば、内与力などにはせぬ」

「申しわけもございませぬ」

亨は頭《こうべ》を垂れた。

「もう少し、うまく立ち回れ。今回のことでも、御用聞きなどに預けず、そなたが直接大番屋へ連れこんでいれば、避けられたのだ。いかに竹林が、左中居が動こうとも、そなたがあの侍の処理をしておけば、手出しはできなかった」

「はい」

四人に襲われ、二人を斬ったところで、生き残った伊藤卓也に命乞いをされた。そのときの伊藤卓也の恥を知らぬ姿に亨は嫌悪を覚え、見ていられなくなったのだ。亨は神田の次郎と名乗った小者に、さっさと伊藤卓也を託してしまった。

「内与力は、町奉行と町方役人の間に入る。そうであるな」

「……はい」

亨はうなだれた。

間を取り持つどころか、町奉行と町方役人の間に波風を立てた。

「そなたは、それをせずともよい。いや、するな」

「なんと仰せで」

うつむいていた顔を亨はあげた。

「町奉行と町方役人の間を取り持つといえば聞こえはよい。だが、そのじつは町奉行所を実質牛耳っている与力どもの機嫌を取るのが内与力の仕事だ」

「…………」

「町奉行は終生の役目ではない。まあ、町奉行で上がりになった者も多いが、世襲ではないし、その役目に留まるものではない。幕府旗本にとって、上がり役は老中だけ」

「老中……」

主君の口から出た幕府最高の役目の名前に亨は息を吞んだ。

「安心せい、そこまでは望んでおらん。余一代では大名になるまでで精一杯じゃ」

「はあ」

曲淵甲斐守の言葉に、亨はなんともいえない返答をした。

「話が逸れたな。内与力がなぜ要るかということよ。結局は町奉行に町方の実務はわからぬ。そして町方役人は世襲職として、他からの介入を嫌がる。そこに溝ができる。どちらも折れぬだろう」

「…………」

今度は返答に困った。亨は口を噤んだ。

「町奉行は旗本でも高位の三千石の役目じゃ。目見えさえできぬ与力や同心に頭を下げて教えを請うわけにはいかぬ」

将軍の直臣、徳川の天下を造り支えているという旗本の矜持《きょうじ》は高い。

「そして与力、同心どもからすれば、町方の役目などなにもわからぬ旗本から頭ごなしに命令されるのは、腹立たしい」

曲淵甲斐守が続けた。

「そして町奉行は代わっていく。腰掛けとまでは言わぬが、いつかいなくなるのだ。忠誠を尽くしたところで意味がない」

「それは……」

武士として主君に忠義を捧げるのは当然であり、上司に尽くすのは義務だと教えられてきた亨は不満な顔をした。

「世間はそういうものだと、大坂で思い知ったのではなかったか、そなたは」

曲淵甲斐守があきれた。

「さようでございました」

大坂町奉行所は江戸町奉行所よりも排他的であった。ただ、その方向が江戸と違っていた。

江戸が気に入らない上司である町奉行の足を引っ張って取り除こうとするのに対し、大坂は町奉行に手柄を立てさせて、出世させて異動してもらおうとするのだ。

これは江戸町奉行から上への出世がなかなかないというところに起因している。多少の手柄を立てさせても、江戸町奉行の上になる役目の数が少なく、そうそう席は空かず、栄達しないからであった。

「出世させるより、失脚させるほうが楽」

黙って町方役人の飾りとなる町奉行ならば放置するが、なにかと口出しするうるさいやつを除けたくなるのは、人の常である。

「町奉行所の役目でなにかあっても、責任は江戸町奉行が取り、我ら町方役人は代わりなきゆえ、咎められぬ」

不浄職と蔑まれているためか、世襲以外の誰も町方役人になるための修業をしない。なりたがる者がいないを誰もできないと勘違いした町方役人の変な思いこみも原因といえた。

「大坂は祭りあげ、江戸は落とす。それを理解しておけ」

「殿の失脚を狙うなど……」

家臣として見逃せるものではない。亨が憤った。

「怒るな。余は気にしておらぬ」

曲淵甲斐守が亨を宥めた。

「ですが……」

「お互いだからな」

「………」

言われた亨は唖然とした。

「あやつらが余を落とそうとするのと同じだ。余はあやつらを出世の踏み台としてしか見ておらぬ」

「……殿」

はっきりと宣言した曲淵甲斐守に、亨は絶句した。

「ゆえに町方役人が足を引っ張るのを余は咎めぬ。はっきりと敵だとわかれば、気が楽だろう。安心して、気兼ねなく、すり潰《つぶ》せる」

曲淵甲斐守が口の端を吊りあげた。

「今日の竹林のやり方でよくわかった」

「失態でございました」

曲淵甲斐守を追い落とすための材料になりかけたのだ。亨は恐縮した。

「そなたが甘かったのは確かだが、その目的は余じゃ。遅かれ早かれ、罠を張ってきただろう」

もう謝罪はいいと曲淵甲斐守が頭を左右に振った。

「あやつらの目的は、そなたではない。余じゃ。あのとき書付を認めていれば、すかさずあやつらはあの書付を評定所へ出していたろう。目安箱に入れれば上様の目に留まる」

目安箱は八代将軍吉宗が始めたもので、毎月二日、十一日、二十一日に評定所の表門前に設置され、誰でも投書ができた。目安箱は将軍が首からかけている鍵だけでしか開けられず、評定所から直接お休息の間へと運ばれた。訴えは将軍が目を通した後、注目すべしとなったときはお側《そばご》御用取次《ようとりつぎ》と目付同道のうえ、御用部屋へと運ばれ、老中たちへ預けられる。もっとも記名のない文書や他人の誹謗《ひぼう》中傷を書いた文書は採用されず、そのまま破棄された。

「そうなれば、目付が余のもとに派遣されよう。御上は松の廊下刃傷以後、喧嘩両成敗にはいたって敏感に反応されるでな」

五代将軍綱吉の手落ちとまでいわれている浅野内匠頭による吉良上野介刃傷一件は、後に江戸市中を騒がせた赤穂浪士討ち入りを招いた。

義士だと赤穂浪士の行動を、上下問わず称賛しているが、政を担当している者にとって、あれは犯罪でしかない。

将軍の裁決に異を唱えただけでなく、浪人が旗本の屋敷を襲い、当主を殺害したのだ。それこそ全員を磔《はりつけ》獄門に処すべき案件であったが、世間だけでなく綱吉まで熱狂してしまったために、死罪ではなく切腹という形で終わらせざるを得なくなった。

「法度を無視した裁きだが、前例にはなってしまった。さすがにあのような事件は再々起こらないだろうがな」

町奉行として江戸の治安を預かる曲淵甲斐守にしてみれば、赤穂浪士の再来など悪夢でしかない。

「とにかく、竹林は余を罠にはめようとした。あやつは敵じゃ」

「よろしかったのでございまするか。竹林にあの書付の探索を任せても。証拠を消し去ったり……」

懸念を亨は伝えた。

「それを含めて、竹林の素質と性《さが》を試したのよ。もし、さかのぼったところ、誰々の机に置いてあったところまではわかりましたが、誰が置いたものかはわかりませんでしたと申してきたとしよう。そのときは、その書付の真偽を確かめもせず、余のもとに出したのは竹林だとして糾弾できる。もし、同心の誰かを人身御供《ひとみごくう》として出してきたら、その者を徒目付《かち》に訴えて町方から追放してくれる。さすれば、他の者どもはどう思う。竹林の保身のために使い捨てられたと考えよう。もう、竹林に従う者は出まい。表向きは変わらずともな」

「なるほど」

亨は感心した。

「では、わたくしはなにを」

どうすればいいかを亨は問うた。

「町方の機嫌を取ることなく、いろいろなところへ首を突っこめ」

「…………」

指示に亨は戸惑った。

「今回のことはもう町奉行所に拡がっていよう。そなたに手出しして竹林が火傷《やけど》したとな。その火種が、己の縄張りに顔を出したとあれば、排除しようとするか、それともなにかを隠蔽《いんぺい》しようとするか。どちらにせよ、なにかしらの動きをする。そなたは剣を学んだな」

「形だけでございますが」

武術が武士の表芸だったのは、百年以上も前の話である。剣や槍が使えたところで、なんの役にも立たないといわれている。刀なんぞ抜いたこともない、両刀が重くてたまらないといった武士がほとんどなのだ。

剣の扱いを一通り学んだ亨は珍しい部類であった。

「ならば知っておろう。動けば、隙ができる」

「はい」

亨はうなずいた。

人は動くとき、どうしても重心がずれる。重心がずれれば隙ができる。

「そなたは隙を作るのが仕事だ。その隙を突くかどうかは余が考える」

「……………」

任の重さに亨は緊張した。

「内与力は、筆頭与力に準ずるのが慣例。そなたがどこに出入りしようとも、文句は出ぬ。わかったな」

「尽力いたしまする」

できると亨は言えなかった。

「ふん。まあ、いい」

亨の弱気を感じ取った曲淵甲斐守が鼻を鳴らした。

与力控えに戻った竹林一栄の表情は硬かった。

「申しわけない。なにもできなかった」

屛風の奥まで付いてきた山上が詫びた。

「誰ぞ、左中居を呼んでくれ」

山上の詫びを流して、竹林一栄が命じた。

「……お呼びかの」

しばらくして左中居作吾が屛風の奥へ顔を出した。

「忙しいときに悪いが、まずい状態になった」

「たしかに、お顔の色が優れぬな」

竹林一栄の表情と言葉を聞いた左中居作吾の顔つきも引き締まった。

「座ってくれ」

左中居作吾に座を勧めた竹林一栄が山上へ目を向けた。

「席を外していただきたい」

「……わかり申した」

出ていけと言われた山上が、表情をゆがめた後、従った。

「よろしいのでございますかな」

左中居作吾が山上の消えた方向へと目を向けた。

「ようやくお奉行さまの懐へ打ちこんだくさびをあのようにあしらっては、我らとの距離が遠くなりましょうぞ」

もっと仲間意識を植えつけるべきだと左中居作吾が苦言を呈した。

「くさびを打ちこんだと考えていたのは、我らだけだったようだ」

小さく竹林一栄がため息を吐いた。

「どういうことでござるかの」

左中居作吾が首をかしげた。

「お奉行にばれた」

「なにがでござる。まさか、大番屋にいたあやつを謀殺させたことが……」

竹林一栄の発言に左中居作吾が顔色を変えた。

町方役人は人を守るものとされている。ために火付け盗賊改方が、現行犯にかぎるとはいえ、切り捨て御免であるのに対し、かならず生かして捕まえなければならない。ために町方の捕り物は、小者を動員し、刺股《さすまた》や袖がらみなどを多用する。廻り方同心のなかには、万一を慮《おもんぱか》って、太刀の刃を潰している者もいる。

そこまでして不殺を旨とする町方役人が、他人を利用した形でも人を殺したとなるとただではすまなかった。少なくとも竹林一栄と左中居作吾は切腹、大番屋から伊藤が連れ出されるのを見逃した当番同心は、放逐になる。

「それは大丈夫だ。さすがにそこまでは気づいてない」

安心しろと竹林一栄が左中居作吾を宥めた。

「……そうか」

左中居作吾が安堵した。

「ではなにが、ばれたと」

すぐに左中居作吾が問うてきた。

「内与力を金で飼ったのを見抜かれた」

「なぜに」

左中居作吾が怪訝な顔をした。

「じつはの……」

さきほどの執務室での遣り取りを細部にわたって竹林一栄が左中居作吾へ語った。

「……まずいぞ。あやつがこちら側に通じているとばれたなど些末《さまつ》だ」

左中居作吾は口調が変わるほどの衝撃を受けていた。

「ああ。どうすればいい。一人人身御供を出さねばならぬ」

竹林一栄が難しい顔をした。

町方はその性質上、結束が固い。同僚を売り飛ばすのは辛《つら》かった。

「それこそ筆頭の座を降りねばならぬ」

同僚を守ってこその筆頭である。だてに一人多めの禄をもらっているわけではなかった。

「誰ぞ、咎めねばならぬ者はおらぬか」

竹林一栄が、町方役人の人事も握っている年番方与力筆頭の左中居作吾に訊いた。

「出入り先から、金をもらいすぎている同心が二人、町屋の女を脅して妾《めかけ》にして囲っている与力が一人」

左中居作吾がすぐに指を折った。

「どちらも首を飛ばすには軽いな」

たいした罪ではないと竹林一栄が困惑した。

「どこかで偽の書付が紛れこまされたとするのは無理か」

一案を竹林一栄が出した。

「誰かもわからぬうちに書付が年番方に出たと」

「それならば、人身御供を出さずともすもう。町奉行所には町方役人以外も出入りする」

確認する左中居作吾に、竹林一栄が言った。

「たしかに、南町奉行所からの連絡で与力や同心が来ることもある。出入りの商人や訴訟で気遣いを求める町人も……」

「触れを出すときは、町役人も顔を出す」

町役人とは、町内をまとめている土地持ちの町人のことだ。町奉行所から出される触れを持ち帰り、町内に徹底するなどの雑務をおこなう。

「いけぬことはないと……ただ、それを理由にしたとき、偽の書付に気がつかなかったと咎めを受け、年番方は全員飛ばされますな。いや、職を惜しんでいるわけではございませぬぞ。我らのためとあれば、拙者喜んで隠居いたしますぞ」

左中居作吾が建前を口にした。

年番方は奉行所の勘定方でもある。町奉行所へ出される大名や町人たちの出入り金、合力金《こうりょくきん》なども年番方が集め、分配した。当然、己たちに手厚くする。他にも出世を望む与力や同心から贈りものもある。筆頭与力よりも実利は大きい。

「いや、犠牲を出さぬために二人で考えているのだ。これはいかぬ」

竹林一栄が案を廃棄した。

「では、偽りの者を作り出して、そやつにすべてを押し被《かぶ》せるのはいかがか」

今度は左中居作吾が提案した。

「ふむ。で、その架空の与力をどうするのだ。いない者は捕まえられぬぞ」

策謀は年番方を長く支配してきた左中居作吾が得意である。竹林一栄が尋ねた。

「捕まえる前に逃げられたことにしようかと」

左中居作吾が答えた。

「それしかないか。だが、偽の与力だとばれては元も子もないぞ。我ら与力は、一度奉行と目通りをしている」

町奉行が初めて町奉行所へ赴任したとき、与力、同心はそろって挨拶《あいさつ》をする。与力は全部で二十五騎しかいない。町奉行が直接かかわるのも与力が主になる。町奉行になるほどの能吏が、その顔を覚えていないはずはなかった。

「その点はお任せあれ。なに、誰がやったかを探っていると言えば、ときは稼げましょう。その間に、空き屋敷を整え、過去の書付を改竄《かいざん》し、実在していた者と思えるようにいたしますゆえ」

書類上の手続きは得意だと左中居作吾が胸を叩いた。

「なるほど。ことは表沙汰にできぬ。騒がしく探して逃げ出されてはまずいと言えば、奉行も手間を認めるしかない」

竹林一栄が納得した。

「では、早速に」

左中居作吾が腰をあげた。

「任せる。こちらは山上を宥めておこう。せっかく我らの仲間に入れたと思っていたのを阻害したからな。ちと吉原にでも連れていってくる」

「それはよろしゅうございましょう」

竹林一栄と左中居作吾がうなずき合った。

# 第三章　混沌の内

## 一

神田の次郎を組屋敷へ呼び出した北町奉行所定町廻り同心の板谷は酒を飲んで荒れていた。

「旦那、どうなさったんで」

手札をくれている旦那の様子に、神田の次郎が理由を問うた。

「てめえが手出しした一件で、筆頭与力さまから大目玉を喰らっちまったぞ。まったくとばっちりもいいところだぜ」

板谷が恨めしそうな目で神田の次郎を見た。

「あっしが扱った……あれでござんすか、内与力さまが捕まえた浪人を大番屋へ連れていった件」

神田の次郎が思いあたるのはただ一つしかなかった。

「そいつよ」

「そういえば、今日、あの内与力さまが店までお出でになったそうでやすが、あっしが留守していたもので、明日朝のうちにお見えになると伝言を残されたと番頭から聞きやした」

神田の次郎が報告した。

どこの御用聞きも与力、同心からの手当だけでは食べていけない。ほとんどが別の職を持っているか、町内からの合力金で生きている。神田の次郎は親から受け継いだ古着屋を番頭に任せながら営んでいたが、昨今の売れ行きの悪さで店は傾きかけていた。

「明日の朝だと……」

おもしろくなさそうに飲んでいた杯を板谷が置いた。

「旦那、どうなっているのか、お教え願えやせんか」

神田の次郎が状況の説明を求めた。

「わかっていると思うが……」

「御用聞きは手札をくださっている旦那と一蓮托生《いちれんたくしょう》でござんす」

念を押した板谷に、神田の次郎はうなずいた。

「ならいい。じつはな……」

板谷が竹林一栄の失策を話した。

「浪人者を放免してしまったんでござんすか」

神田の次郎が落胆した。

亨から預けられたとはいえ、浪人と言っていた伊藤卓也に縄をかけたのは神田の次郎である。その伊藤卓也が放免されてしまえば、胡乱《うろん》な者を捕まえたという神田の次郎の手柄もなかったことになる。

「しかたあるめえが。筆頭与力さまの指示に逆らえる者なんぞいるか」

ふたたび板谷が杯を手にした。

「いい迷惑だ。捕まえたのがおめえだということで、おいらが叱られたわ」

「……でやすが」

「わかっている。八つ当たりだとな」

言い返そうとした神田の次郎を、板谷が抑えた。

「次郎……」

言いかけて、板谷が杯を続けざまに干した。

「旦那……」

神田の次郎も息を呑んだ。

「下手すると、おいらが人身御供にされる」

「まさか」

板谷の言葉に、神田の次郎が絶句した。

「だ、旦那は定町廻りをお務めでござんしょう。定町廻りといえば、町奉行所にいる同心のなかでたった六人しか選ばれない出色のお役。その旦那が……」

「だからちょうどいいのだ。それほどの者を切り捨てたというのがお奉行への表明としてな」

「……では、あっしも」

手札をもらっている旦那が廻り方を辞めれば、御用聞きはその後ろ盾を失う。通常だと、後任の廻り方同心からあらためて手札をもらう。これは縄張りに慣れ、顔の知られた御用聞きでなければ役に立たず、新任させた場合、使いものになるのにかなりの手間がかかるからであった。が、今回は事情が事情だけに、神田の次郎も十手《じって》を取りあげられる可能性が高かった。

「困りやすよ、旦那」

神田の次郎も切羽詰まった。

「こればかりは、手配りのやりようがねえ。まあ、覚悟だけしておけ。今日、呼び出したのはそれだけだ。もう帰《けえ》れ」

板谷が犬を追うように手の先を振った。

「……冗談じゃねえ」

八丁堀を出た神田の次郎が憤った。

「何年かかったと思ってやがる。持ち出しばかりの手下を十五年もやって、ようやく親方の跡を継いだんだ。やっと八年。なんとか顔も売れ、合力金を出してくれる店も増えた。これから大親分になっていこうというときに……」

御用聞きも利権であった。古着屋をやっているとはいえ、それほど売りあげがいいわけではない。そんな神田の次郎が手下を数人抱えて親分でございと威張っていられるのは、町内から出される合力金、挨拶金のお陰であった。

「手札を返してしまえば、合力金はなくなる。あれがなくなっては、お逸《いっ》のやつを囲うこともできなくなる」

手下たちに手当をやっても、まだ残る。その金で神田の次郎は、縄張りを少し外れたところに妾を囲っていた。

「手柄だと思っていたのが、とんだばば札だったとは……」

神田の次郎が唾《つば》を吐いた。

「どうすればいい」

苛立ちながら、神田の次郎が思案した。

「やっちまうか」

神田の次郎が独りごちた。

「明日来た内与力を片付けてしまえば……」

歩きながら神田の次郎が策を練った。

「内与力が帰ってこない、いや、それどころか町屋で死体を晒したとなれば、板谷の旦那をどうこうするどころの話じゃなくなる。なにせ、江戸の町をよく知っているという点において定町廻りの旦那に勝るお方はいねえ」

神田の次郎が足を止めた。

「だが、おいらが手出しをしたとわかっては意味がねえ。御用聞きが内与力に手を出したとなれば、手札を取りあげられるどころか、牢屋敷入りだ。御用聞きが牢入りすれば、まず生きては出られねえ」

御用聞きのなかには二足の草鞋《わらじ》を履いている者が多い。神田の次郎のような商いとの兼業なら問題はないが、なかには博徒と御用聞きをやっている者もいる。

当たり前のことだが、手札を渡す与力、同心もわかっている。わかっていて手札を渡すのは、そういった連中ほど裏に詳しく、流れ者が江戸へ入ってきたなどの情報も摑みやすいからだ。町奉行所役人も、功罪を天秤《てんびん》にかけて、博打《ばくち》などを見逃す代わりに、下手人や盗人《ぬすっと》を捕まえさせている。

しかし、こういった連中は本性が悪なのだ。町奉行所の権威を借りて、押し借りや無理難題を縄張り内の店に仕掛けたりする。ひどいときは強奪や女を犯す。そうなれば、見逃すわけにはいかなくなる。

こうして捕まった御用聞きは普通の犯罪者と同じように、牢屋敷へ入れられ取り調べを受ける。取り調べを終えて罪が定まっても、執行までの間は牢屋敷で過ごす。

そして殺される。

牢屋に入っている連中は、皆、御用聞きに恨みを抱いている。そもそも他人のことを嗅《か》ぎ回る御用聞きは、犯罪者にとって敵である。

その敵が、罪を犯して牢へ入ってきた。

どうなるかは自明の理であった。

「金玉を蹴り潰されての死は嫌だ」

過去何人もの御用聞きが、牢内で死を迎えていた。

顔に夜具を被せられ、声が出せない状態にさせられた後、ふんどしを外して男の急所を蹴り潰される。激痛に叫ぼうにも、呼吸はできない。男としてこれ以上酷《むご》い死にかたはまずないといえた。

「手下は使えねえ」

己がかかわっているという気配は微塵《みじん》も感じさせてはならない。

「金で片を付けるしかねえな」

神田の次郎が家へ向かっていた足を伸ばした。

仕掛けたつもりが、やり返されて、大きな借りを曲淵甲斐守に作ってしまった竹林一栄は、その憂さ晴らしに吉原へ来ていた。

「………」

「主さま、ご機嫌がうるわしゅうございやせんのう」

敵娼《あいかた》女郎が、無言で酒をあおり続けている竹林一栄に甘えかかった。

「うるさい」

胸の谷間に左腕を抱えこんだ敵娼女郎を竹林一栄が邪険にあしらった。

「おお、怖やの」

敵娼女郎がわざとらしく震えてみせた。

「竹林さま」

そこへ襖の外から見世の主の声がかかった。

「三浦屋《みうらや》か。開けていいぞ」

「ごめんを」

遊女屋である。なかの客から許可がなければ、主といえども襖を開けるわけにはいかなかった。部屋のなかで男女が睦《むつ》み合っている最中だったりしたら大事になる。

「おめえも飲め」

入ってきた三浦屋の主、四郎右衛門《しろうえもん》へ竹林一栄が杯を突き出した。

「ちょうだいいたしまする」

遊女屋の男衆は、主から下足番まで客の言うことには逆らわない。膝行《しっこう》した三浦屋四郎右衛門が、竹林一栄の杯を受けた。

「……お返しいたしまする」

飲み終えた杯を素早く懐紙で拭《ふ》いて、三浦屋四郎右衛門は杯を竹林一栄へ戻した。

「お注《つ》ぎいたしやんしょ」

敵娼女郎が漆塗りの銚子を持ちあげた。

「…………」

黙って竹林一栄が杯を出した。

「で、なんだ、三浦屋」

その杯を干したところで、竹林一栄が用件を問うた。

「吾妻屋の親分さんが、竹林さまに目通りをと」

「嘉助が……通せ」

竹林一栄が首をかしげた後、うなずいた。

「あちきは席を外したほうが……」

敵娼女郎が問うた。

「この後床入りだ。厠をすましておけ」

「嫌なお方」

軽く竹林一栄を叩くまねをして、敵娼女郎が立ちあがった。

「……旦那、お楽しみのところ、すいやせん。お屋敷に伺ったらこちらだとお聞きしやして」

入れ替わって竹林一栄が手札を渡している御用聞きの吾妻屋嘉助が顔を出した。

「珍しいじゃねえか。こんなところまで追いかけてくるなんてよ」

竹林一栄が吾妻屋嘉助に杯を渡した。

「こいつは、すいやせん」

恐縮しながら吾妻屋嘉助が杯を手にした。

「女郎の部屋に通されるのは真夫《まぶ》だけと聞きやす。初めて拝見しました」

吾妻屋嘉助があたりに目をやった。

「遊女の部屋なんぞ、そんなに珍しいものでもあるめえに」

真夫は吉原最高の褒め言葉になる。身体《からだ》は売っても心は売らないのが遊女である。吉原では客と遊女を夫婦に見立てて、ずっと同じ相手だけしか抱けないようにしていた。それでも客と遊女は、見世ではなく揚屋《あげや》という貸座敷でしか会えないのだ。そんななか、舞台裏ともいえる自室に遊女が招き入れるのは格別な客だけで、それこそ遊女が心まで捧げた、真《まこと》の夫《おっと》とされていた。

真夫と言われて、竹林一栄の機嫌が少しだけ回復した。

「ごちそうさまでございました」

杯を吾妻屋嘉助が返した。

「なにがあった」

吉原で遊んでいる筆頭与力の邪魔をしたのだ。よほどのことだと少し緩んでいた竹林一栄の表情が引き締まった。

「お叱りを受けるかも知れやせんが、今日、お指図に従って、甲斐守さまのお屋敷から内与力さまを付けておりやしたところ、あっしらを……」

「おめえたちを逆に付けていた連中がいるだと」

吾妻屋嘉助の話を聞いた竹林一栄が驚いた。

「まちがいじゃねえな」

「ございやせん。常盤橋御門内まで付けてきやした。内与力さまがお奉行所へ入るのを見届けた後もおりやした」

確認した竹林一栄に吾妻屋嘉助が保証した。

「どんなやつだった。お奉行さまのご家中か」

曲淵甲斐守の手腕を見せつけられたばかりである。竹林一栄が甲斐守の手の者を疑ったのは当然であった。

「それが、若い男女でございました」

「若い男と女だと」

「へい。女は武家風、男は商家の手代といった感じで」

予想外だと驚いた竹林一栄に吾妻屋嘉助が付け加えた。

「身許は調べたんだろうな」

「もちろんで。女がどこへ行くのか後を付けやした」

吾妻屋嘉助が胸を張った。

「上出来だ。で、どこへ行った」

一言褒めて竹林一栄が訊いた。

「二人は、日本橋の播磨屋へ入りやした」

「播磨屋……酒問屋のか」

すぐに竹林一栄が思いあたった。

「酒を買いに寄ったとか言うんじゃねえだろうな」

「しっかり暖簾の陰からなかの様子を聞いております。播磨屋の番頭から、お帰りなさいませと出迎えられ、そのまま奥へと消えていきやした」

抜かりはないかと問われた吾妻屋嘉助が応じた。

「……播磨屋に歳頃の娘なんぞいなかったはずだ。あそこは息子が一人、すでに嫁取りをして別のところに住んでいる」

盗賊、たかりなど、金のあるところはなにかと狙われやすい。町方役人は江戸で知られた商家の内情にも詳しくなければ務まらない。

「詳しく探りやすか」

「……………」

問われた竹林一栄が腕を組んだ。

「播磨屋伊右衛門は波田の担当だが、我らにも便宜を図ってくれる。あまり露骨なまねをして怒らせてはまずい」

「では、このまま放置で」

報告だけしてしまえば、御用聞きの用件は終わる。そこからどうするかは、与力、同心の考えることであった。

「待ちな」

楽しみの邪魔を長々としては、竹林一栄の機嫌を損ねかねない。腰をあげようとした吾妻屋嘉助を竹林一栄が止めた。

「気づかれないように、その播磨屋の縁者らしい女を見張れるか」

「人手を使ってよろしければ」

問われた吾妻屋嘉助が暗に金が要ると伝えた。

「これを持っていけ」

懐から紙入れを出した竹林一栄が小判を三枚、吾妻屋嘉助の前に投げた。

「……お預かりしやす」

軽く頭を下げて吾妻屋嘉助が小判を懐にしまった。

「女の正体と、内与力とのかかわりを見つけ出せ。切り札になるかも知れねえ」

反撃の材料を見つけたと竹林一栄が喜んだ。

「何日くらいで」

いつまでも後を付けているわけにはいかなかった。もちろん、日当さえ出してやれば手下たちをずっと播磨屋に張りつけておけるが、そのぶん、縄張りの守りは薄くなる。

もし、その間に他から面倒なやつが縄張りへ入りこんだりしたら、大事になった。金をもらっている商家が強盗に遭うなどすれば、吾妻屋嘉助の面目が潰れる。

「とりあえず、五日でいい」

縄張りを留守にしてでもやれとは、いかに手札を与えている配下といえども言えない。竹林一栄が日限を決めた。

「場合によっては、またもあるぞ」

「承知しておりやす」

吾妻屋嘉助が首を縦に振った。

「あと、日本橋の親分衆に話を通していただきますよう」

縄張り外に手下を張りこませるとなれば、地元の御用聞きの承諾が要った。無視して強行すれば、不審者として捕まえられることもある。手下が他の御用聞きに縄打たれて、大番屋へ連れていかれたとあれば、吾妻屋嘉助は手札を返納しなければならなくなった。

「わかっている」

筆頭与力の依頼を断れる者はいない。竹林一栄がうなずいた。

「では、これで」

吾妻屋嘉助が出ていった。

「長かったでありんす」

廊下で話が終わるのを待っていたらしい敵娼女郎が文句を口にしながら、竹林一栄にしなだれかかった。

「そうか」

竹林一栄が敵娼女郎を抱き寄せて、押し倒した。

「きゃああ」

嬌声をあげて、敵娼女郎が竹林一栄に足を絡めた。

二

曲淵甲斐守から謹慎を解かれた亨は、翌朝から町奉行所へ出た。

「いってらっしゃいませ」

登城する曲淵甲斐守を見送った亨は、早速主君に言われた行動に出た。

「邪魔をする」

亨は町奉行所の中心というべき、年番方部屋へ足を踏み入れた。

「これは城見さま、どうなさいました」

老年に近い年番方の同心が亨に気づいた。

「砂子《さご》どの、ちと調べたいことがございましてな」

「お手伝いをいたしましょうか」

砂子が亨に告げた。

「いや、お手をわずらわせるほどのものでもござらぬ。御用をお続けあれ」

手を振って亨は手伝いを断った。

「……申しわけございませぬが、片付けてある書付を動かすときは、一言お願いいたしまする。あと、持ち出しはご勘弁くださいますよう」

勝手なまねはするなと砂子が釘を刺した。

「ここで読むには支障ございませぬな。ならば」

亨は砂子から目を逸らした。

年番方は、町奉行所にかかわるすべての書付を作成、管理、保管する部署であった。今は吟味方与力の竹林一栄が筆頭与力の座にあるが、年番方与力から筆頭になる者も多い。

与力、同心の俸給を調整するのも年番方の役目であり、町奉行所の経費も扱う。

同じく書付を扱う例繰り方が過去の判例を探すだけで、実質隠居部屋に近いことに比べれば、年番方は地味ながらもその力は強い。

「この棚は、年度別になっておるのでござるな」

「さようでござる。もっとも場所がかぎられておりますゆえ、二十年以上前のものは文書蔵のなかへ移しております」

棚を見ながら訊いた亨に、砂子が答えた。

「判例や下手人の捕縛などについてお調べでございましたら、ここではなく例繰り方へ行っていただかねばなりませぬ」

砂子が念のためといった風で告げた。

「例繰り方にもいずれ」

そういった用ではないと亨は首を左右に振った。

「……さて」

年番方には与力三人、同心十人の合わせて十三人が詰めている。

「城見どの」

あらためて棚に正対した亨を、上座の左中居作吾が呼んだ。

「なんでござろう」

手招きされた亨が、上座へと近づいた。

「なにをお探しか」

左中居作吾がもう一度問うた。

「お気遣いなく」

亨がなにかを話すのを拒んだ。

「それでは、御用の妨げとなりますゆえ、お断りをいたしましょうぞ」

左中居作吾が出ていけと言った。

「では、御用の後にでも参るとしよう」

「御用の後……」

「暮れ六つ（午後六時ごろ）を過ぎてからならば、お邪魔ではございますまい」

怪訝な顔をした左中居作吾に亨は告げて、背を向けた。

「ここは年番方でなければ、勝手な出入りは許されませぬぞ」

「安心なされい。お奉行さまのご許可はいただいておりまする」

振り向いた亨が述べた。

「うっ……」

形だけとはいえ、町奉行は町奉行所のすべてを管轄する。町奉行の許可が出ていれば、与力、同心が止めることはできなかった。

「で、では、今、ご覧あれ」

目の届かないところで好き勝手されるよりはましだと、左中居作吾が説を曲げた。

「いや、御用の邪魔をしては、申しわけなし。後ほど」

「あっ……」

そのまま出ていこうとした亨に、左中居作吾が手を伸ばしたが届くはずはなかった。

「さて、そろそろよかろう」

亨はその足で、神田の次郎のもとへと向かった。

神田の次郎の店の前には、客の姿があった。

「昨日来た北町の城見だ」

「主がお待ちしておりまする。奥へ」

店先に町方役人がたむろしていては、客は落ち着いて買いものができない。番頭がすぐに亨を奥へと案内した。

「旦那さま、北町の城見さまがお見えでございまする」

「おお」

番頭が声がけをした途端、襖が開いた。

「早いな」

待ち構えていたと言わぬばかりの動きに、亨は驚いた。

「どうぞ、神田の次郎でございまする」

襖を開いた神田の次郎が、亨を座敷のなかへといざなった。

「すまぬな」

立ち話もできない。亨はうなずいた。

「北町奉行所内与力の城見だ。先日は手をかけた」

ほんの少しとはいえ、亨と神田の次郎は顔を合わせていた。

「いえ、こちらこそ、お世話になりましてございまする」

「…………」

亨は驚いた。

あの夜、神田の次郎は亨と会ってなにかしらの遣り取りはあったと言ったも同然であった。

「御用は……」

神田の次郎が訊いた。

「あの夜、そなたに預けた侍がいたであろう」

「はい」

「………」

素直に認めた神田の次郎に、ふたたび亨は驚愕した。

「大番屋に預けたにまちがいはないな」

「はい」

「その侍がどうなったかは知っているか」

「存じております。ご放免になったと」

問われた神田の次郎が答えた。

「どこから聞いたのだ」

「昨夜、板谷の旦那から伺いました」

神田の次郎が少しだけ悔しそうな顔をした。

「放免の理由は知らされたか」

「いいえ。そこまで御用聞きには知らされることはございません」

今度は神田の次郎が否定した。

「板谷どのなら知っているか」

「だと思いますが、確実にとは申せません」

確かめた亨に神田の次郎が申しわけなさそうな顔をした。

「こういうことはままあるのか」

「捕まえた野郎が放免になることで」

内容を神田の次郎が確認した。

「ああ」

亨がうなずいた。

「さすがにそうそうあるとは言えやせんが、たまにございますよ」

慣れてきたのか、少し神田の次郎の口調が軽くなった。

「どういうときだ」

「無宿者だと思って捕まえたら、数日後に身内が引き取りに来たり、盗人だというのでお縄にしたら、訴えを被害者が取り下げたり……」

「被害者が訴えを取り下げることもあるのか」

「けっこうございますよ。犯人の家族から被害の弁済がなされたときなんかはまず、取り下げますね」

目を見張った亨に、神田の次郎が教えた。

「しかし、被害がなかったことになったとしてもだな。罪は罪だろう。割れた茶碗はもとに戻るまい。犯人が子供だとか、やむをえぬ事情があったときなどはいたしかたないだろうが、常習の者などは一度懲らしめておかねば、また同じことをしように」

亨は納得いかなかった。

「逆恨みを避けるためでございますよ」

神田の次郎が苦い顔をした。

「……逆恨みだと」

「はい。盗人や無頼は捕まえた御用聞きや町方の旦那を恨みますが、なにもできやせんでしょう」

「できまいな。もし、町方に手出しをしたら、町奉行所全体で追い詰める」

亨も否定した。

町方は特殊な立場で、組内での交流が濃い。不浄職として他職から蔑まれているのもあり、団結は固く、仲間に手出しした者を許さない。

「となると恨みは、果たしやすいところへと向かいましょう」

「それが訴え出た被害者だと」

「へい」

神田の次郎が首肯した。

「復讐《ふくしゅう》のうえ、見せしめにもできやしょう。盗賊だとあまり意味はございませんが、無頼のように面目が潰されたとかどうとかいう連中にとって、続いて町方に売るような者が出ないようにするのも、大事なことで」

「それを町方は見逃すのか」

「とんでもございませんよ。しっかりと捕まえます」

神田の次郎が首を横に振った。

「ただ、町方はなにかあってからでないと動きやせんからね」

「それでは意味がないではないか」

被害が出てからでは遅いと亭は声を荒らげた。

「決まりでございますよ。町方がなにもないところに口出しすれば、より話がややこしくなることもありますので。なにより、まだなにもしていない連中を捕まえるわけにもいきやせんでしょう」

正論を神田の次郎が口にした。

「むう」

亭は唸るしかできなかった。

「そのためにあっしらがいるのでござんすよ」

神田の次郎が亭を見た。

「御用聞きは、町方の旦那衆と違って、身が軽うござんすし、縄張りへの責任もございやす。縄張り内でなにかあっては困りやしょう。下手をしそうな連中を縄張りから追い出したり、復讐されそうなお店《たな》を守ったり、これも御用聞きの仕事で」

「なるほど」

「おわかりいただけやしたか」

「ああ。手間を取らせた」

神田の次郎から訊くべきは訊いたと亨は腰をあげた。

「……御用聞きは命がけなんだよ。無頼が皆御用聞きの言うことを聞くはずなんぞねえだろうが。すごすごと引いたら、二度とお江戸で顔をあげて歩けねえ。あいつらは顔で生きている」

亨のいなくなった部屋で神田の次郎が顔をゆがめた。

「おいらたちがどれほど苦労して、縄張りを守り続けてきたか。おめえさんにはわからないだろうな。金でももらわなきゃやってられねえんだよ」

「親分さん、聞こえやすぜ」

襖が開いて、白髪の老人が入ってきた。

「陰蔵《かげぞう》か」

神田の次郎が陰蔵を見た。

「面、覚えたか」

「たしかに」

問われた陰蔵がうなずいた。

「大丈夫なんでございましょうね。内与力をやって、町方に追いまくられたんじゃたまりませんぜ」

陰蔵が念を押した。

「安心しな。内与力は町方役人の仲間じゃねえ。どころか敵みたいなもんだ。なにせ町奉行が町奉行所に送りこんだ手先だからな」

神田の次郎が大丈夫だと太鼓判を押した。

「それならけっこうで」

にやりと陰蔵が笑った。

「で、お見積もりでございますが」

「……いくらだ」

嫌そうな顔で神田の次郎が問うた。

「あの腰の据わりと口調、修羅場の経験もありましょうし、剣もそこそこ遣えましょう」

「剣は遣えるな。先日、侍たちと戦って二人を斬り、一人の心を折っていた」

陰蔵の推測を神田の次郎が認めた。

「となりますと、こちらの看板を二枚出すことになりまして」

「看板だと」

「はい。剣の遣える浪人と長脇差を得意とする男」

すっかり商人のような態度になった陰蔵が、店の商品を説明するように言った。

「それに手助けの男が一人。三人は要りまする」

「……細かい話はいい。いくらで引き受ける」

神田の次郎が急かした。

「二十両ちょうだいいたしたく」

陰蔵が料金を告げた。

「ふざけるな。たかが内与力一人に二十両だと。足下を見るにもほどがある」

高すぎると神田の次郎が怒った。

「こちらも商売でございます。損を出してまではお引き受けできかねますので。では、なかったお話に」

陰蔵が背を向けた。

「十手を使ってもいいんだぜ」

叩いて埃《ほこり》を出すぞと神田の次郎が脅した。

「内与力よりも先に、親分の首が飛びますよ」

言葉遣いはそのままに、陰蔵の雰囲気が変わった。

「御用聞きを敵に回して……」

「牢屋敷のなかでも、同じことを言えますかね」

陰蔵が歯のない口を開けて笑った。

「二十両、命の代金としては安いと思いますが。これでも特別の扱いをしておるのでございますよ。普通だったら三十両はもらうところで」

「…………」

割り引いているという陰蔵に、神田の次郎が黙った。

「ご縁なしということで」

返答をしない神田の次郎に陰蔵が見切りを付けた。

「今後のおつきあいはお断りいたしましょう。もう、わたくしどもにはお近づきになられませんよう。お見かけしたときは、有無を言わさず三途の川を渡っていただきます」

陰蔵が二度と顔を出すなと告げた。

「……わかった。二十両出そう」

神田の次郎が落ちた。

ここで陰蔵を帰してしまえば、味方を一つ失い、敵を一つ増やす。差し引きすれば命一つの差になる。

「まいどありがとう存じます」

笑顔になった陰蔵がもう一度神田の次郎の前に座った。

「では、お支払いを」

「後払いだ」

神田の次郎が拒んだ。

「どこに後払いの刺客がいますかねえ。相討ちになったら金を払わなくていいとか、終えてから裏切ればいいとか考えているなら、甘いとしか言えませんよ。江戸の闇は一つなんでございますよ。小さな闇が集まって大きな闇になっている。小さな闇が消えて、そこから光が差せば、いつか大きな闇も祓《はら》われる。そうなっては困りましょう」

陰蔵が暗に江戸の闇を敵に回すことになると伝えた。

「半金の十両だ」

手文庫から神田の次郎が小判を十枚出した。

「あいにく、ついさきほど前渡しとなりました」

「……………」

十両に目もくれない陰蔵に、神田の次郎が無言でもう十枚の小判を用意した。

「たしかに」

陰蔵が受け取った。

「いつやる」

「下調べに二日、あとは本人次第でございまする」

「本人次第とはどういうことだ」

陰蔵の説明に、神田の次郎が首をかしげた。

「内与力さまでございましょう。一日町奉行所に籠もっておられれば、さすがに手出しはできません」

もっともな話であった。いかに北町奉行所の役人から疎まれている亨とはいえ、奉行所のなかで殺されるのはまずい。北町奉行所の面目丸潰れになる。下手人を捕まえられなければ、町奉行は罷免、与力、同心もまず放逐になる。いや、捕まえても咎は避けられないが、首が繋がるかどうかの差は出る。それこそ、必死に探索するだろうし、南町奉行所も全力で手助けする。

まさに江戸中を敵に回すも同じであった。

「むっ」

神田の次郎が詰まった。

「しかし、いつまでも待てぬ。待てるくらいならば、おめえなんぞに頼みはしねえ」

「と言われましても、刺客業というのは相手のある商売でございまして」

事情はわかってもどうにもできるものではないと陰蔵が首を横に振った。

「誘い出せば、やれるか」

「それはもちろん。町奉行所の見える範囲でなければ」

提案した神田の次郎に、陰蔵がうなずいた。

「……三日後でいいな」

「もちろんで」

「場所に希望はあるか」

神田の次郎が問うた。

「当然、他人目のないところがありがたいですが、さすがにそれは露骨でございましょう」

「たしかにな」

陰蔵の話に、神田の次郎も同意した。

一度会ったていどの男から、他人目のないところに呼び出されて、なんの警戒もなく来るような愚か者が内与力に任じられるわけはない。

「できれば両国橋を渡った向こうか、品川あたりだと助かりまする」

どちらも町奉行所の管轄から外れる。

「やってみよう。いつどこになったかは……」

「お報せいただかなくて、けっこうで。ずっと内与力さまには目を付けてございますので」

見張っていると陰蔵が述べた。

「……今もか」

「今朝、町奉行所を出るところから一人付けておりました」

当然だと陰蔵が告げた。

「わかった。では頼むぞ」

もう帰れと神田の次郎は、陰蔵を追い出した。

「……おいらもずっと見張られていた。いや、見張り続けている」

神田の次郎が震えた。

「死ぬまで、あの野郎の姿におびえながら生きていくなどごめんだ」

陰蔵のいなくなった居室で、神田の次郎が独りごちた。

「板谷の旦那にお願いするしかねえ。こっちが殺されるか、あいつらを潰すか。今回のことがうまくいかなければ破滅なんだ。命をかけるしかねえ」

神田の次郎が肚をくくった。

## 三

奉行所へ戻った亨は曲淵甲斐守の許可を取り、年番方の部屋から人気がなくなるのを待った。

「すでに五つ（午後八時ごろ）を過ぎたというに……」

年番方の部屋から、灯《あか》りは消えなかった。

「………」

亨は年番方の部屋に近づき、耳をそばだてた。

「この書付の処理は誰じゃ」

左中居作吾の咎めるような声が聞こえた。

「わたくしでございまする」

「そなたか、ここが違っておる。急ぎ作り直せ」

「はい」

叱られた同心が詫びていた。

「ちと厠へ」

「拙者も」

動く気配がした。

「………」

亨は静かに年番方の部屋から離れた。

「今夜中に帰れるかの」

出てきた年配の同心が、同行の同心に問うた。

「さすがに夜なべはないと思いたいところでございまするが……」

少し若い同心が嘆息した。

「……まったく迷惑だな」

「はい」

二人がため息を吐いた。

「だが、やむを得ぬことだ。あの内与力に年番方を探られるわけにはいかぬ」

「はい」

同心たちの雰囲気が変わった。

「ですが、山岡《やまおか》どの。この状況をずっと続けるわけには参りませぬぞ。身体が持ちませぬ」

「内与力があきらめぬかぎり……とはいかぬか。儂などもうそろそろ倅《せがれ》に代を譲ろうかと考える歳だしな。三日で倒れるわ」

山岡と言われた歳嵩《としかさ》の同心がぼやいた。

「左中居さまも、なにかしらお考えでございましょう」

「だろう。左中居さまも来年、還暦を迎えられるはずだからな」

二人の同心の声が遠ざかっていった。

「……なるほど。これが引っかき回すということか」

亨は己の行動が大きな波を起こしたと知って、主君曲淵甲斐守の目的を理解した。


夜明けとともに、町奉行の職務は始まった。朝五つ（午前八時ごろ）に登城する。それまでに処理しておかなければならないことや報告を受けなければならないのだ。

「なにかあったか」

朝餉《あさげ》を摂りながら、昨夜の様子を聞くのも町奉行の仕事であった。

「別段、異常はございませぬ」

宿直《とのい》番の与力が、いつもと同じ夜であったと報告した。

「ほう……」

湯漬けを食べ終わった曲淵甲斐守の唇が吊りあがった。

「年番方の者どもが、朝まで仕事をしていたようだが、それについての報告はどうなっている」

「……それは」

一瞬、宿直番与力が詰まった。

「年番方が忙しいのはいつものことでございますれば」

「不思議でもなんでもないと」

「はい」

念を押すように言った曲淵甲斐守に宿直番与力がうなずいた。

「奉行になって、日が浅いとはいえ、一夜年番方に一同が泊まりこんだことなぞ、なかったが」

「…………」

宿直番の与力が黙った。

「そなたではわからぬか。年番方ではないからの」

「さ、さようでございまする」

曲淵甲斐守の出した助け船に、宿直番の与力が乗った。

「ならばわかる者を連れて参れ」

「わかる者でございまするか」

宿直番の与力が戸惑った。

「左中居を呼んで参れ」

曲淵甲斐守が命じた。

「朝方、組屋敷へ帰ったばかりでございますが……」

「今からならば、余の登城前に参じられるであろう」

北町奉行所から八丁堀までは近い。往復しても小半刻（約三十分）もあれば足りる。

「昨夜、夜を徹して御用に励んでおったのでございまする」

「そうか。疲れているか」

「ご配慮いただければと思いまする」

「わかった。では、本日は休んでよいと伝えよ」

「……それは」

宿直番の与力が戸惑った。

「気遣えと申したのはそなただ。今出てこられぬほど疲れておるならば、明日でよい。今日は奉行所へ来るに及ばず」

「年番方は左中居どのがおりませぬと……」

仕事がうまくいかぬと宿直番の与力が言い募った。

「休めと言えば、働かせろと反論する。そなたはなにが言いたいのだ」

「お奉行さまが下城なさったおりに、お目通りを」

午前中は休ませてやってくれと宿直番の与力が願った。

「そうか。わかった」

「ご理解いただき、ありがとうございまする」

宿直番の与力が頭を下げた。

「亨」

その遣り取りを執務室の襖際で見ていた亨に曲淵甲斐守が顔を向けた。

「はっ」

亨が姿勢を正した。

「左中居が出てくるまで、そなたに年番方を任せる」

「はっ」

「なにをっ」

曲淵甲斐守の言葉に、亨はうなずき、宿直番の与力が絶句した。

「なんじゃ、なにか文句でもあるのか」

「ね、年番方は重ねた経験がなければ務まらぬお役目でございまする。失礼ながら、お若い内与力さまでは無理かと」

とんでもないと宿直番の与力が首を横に振った。

「誰も年番方の役目をしろとは言っておらぬぞ。余は年番方を任せると申したのだ。任せるとは、年番方がいつも通り役目をこなせるよう、気配りすることだ。左中居がおらねば、皆の気が緩もう。それを防ぐために、吾が目として亨を行かせるだけじゃ」

「…………」

強弁に近い曲淵甲斐守の言いぶんに、宿直番の与力が沈黙した。

「亨、年番方へ行け」

「はっ」

亨は一礼した。

「お、お待ちを。ただちに左中居どのをここへ呼びまするゆえ」

「最初からそう言え」

冷たい目で曲淵甲斐守が宿直番の与力を睨んだ。

「ご、ごめん」

慌てて宿直番の与力が出ていった。

「亨、年番方へ行っておけ」

「承りましてございまする。なにか調べましょうや」

ここまで嫌がるとなれば、後ろ暗いことがあるのはまちがいない。亨は年番方の書付を探るかと問うた。

「振りだけでよい」

曲淵甲斐守が真剣にするなと注意した。

「…………」

不思議な指示に亨は怪訝な顔をした。

「年番方が怖がっているのは、奉行所へ集まってくる金の動きが白日のもとに晒されることだ」

「怪しい金など町奉行所にあってはなりませぬ」

「あいかわらず、固いの。そなたは大坂でなにを学んできたのだ」

建前を口にした亨に、曲淵甲斐守がため息を吐いた。

「町方は金がかかる。だが、御上は不浄な役目に費えをくださらぬ。それくらいわかれ。与力がおおむね二百石、ほとんどの同心が三十俵二人扶持。このていどの薄禄で、この広い江戸を守りきれるわけなどない」

「…………」

黙って亨は聞いた。

「ましてや我らは武家ぞ。町人からはどうしても隔意を持たれてしまう」

当たり前の話であった。武士は両刀を差し、町民の上に立つ。そう簡単に認められはしないが、無礼討ちできる。町民にしてみれば、うかつなことを口にして、斬られたり、捕まえられたりされるかも知れないのだ。そんな武士が、町方だと言って町民の生活に踏みこんできたとして、受け入れられるはずはなかった。

「町人のなかに入るには、町人でなければならぬ。与力、同心も町人に近づいて、溶けこもうとしてはおるが、いまだにできておらぬ」

「それで御用聞きに手札を与えて……」

亨は御用聞きの意味を悟った。

「うむ。南北合わせて与力五十騎、同心二百四十人では足りぬ部分を、御用聞きで補っているというものである」

「わかりまする」

江戸は八百八町といわれるくらい、町が多い。参勤交代で江戸に武家が集まってくるとはいえ、町人もかなりの数がいる。広大な範囲に数えきれない民、それらを守るには人手が要った。

「人を雇うには金が要る。しかし、その金を御上はくださらぬ。となれば、どこからか持ってこなければなるまい」

「出入りでございますな」

亨が言った。

出入りとは、なにかあったときに便宜を図ってもらおうと考えた大名や商家が、町奉行所の役人と繋がりを持つことである。石高や店の大きさによって違うが、節季ごとにまとまった金を町方役人に渡している。

「だけではない。それくらいならば、長年の慣習として言い逃れは利く。咎めるとあれば、見逃してきた歴代の町奉行まで罪に問わねばならぬ」

上役には監督責任があった。

「では、なにを年番方は恐れておりますので」

亨は首をかしげた。

「そなた町奉行所の役人を数えたことはあるか」

「いいえ」

問われた亨は否定した。

「情けない。それで内与力をよくやっているものだ」

曲淵甲斐守があきれた。

「申しわけございませぬ」

主君にそう言われては詫びるしかない。

「与力は二十三人しかおらぬ」

「二人欠員だと。代替わりかなにかではございませぬので」

亨が尋ねた。

定員二人の町奉行でも、まれに一人になるときがある。前任が急死したり、罪を得て左遷されたりなど、通常の交代でないときは、新任が決まるまで、空席になった。

「八丁堀の組屋敷図を見ろ。与力の屋敷は南北合わせて四十六しかない」

調べる努力をしろと曲淵甲斐守が亨を叱った。

「屋敷が四十六しかない……」

出入りの金で裕福な与力、同心のなかには八丁堀ではなく、町屋に家を買って住んでいる者も少なくない。しかし、組屋敷は幕府から役目と同じく与えられるもので、勝手に売り買いはできず、実住していなくても絵図には記載された。

「なぜそれが通っているのかはわからぬ。最初から二十三家を二十五家と偽ってきたのか、いつのまにか子孫が絶えた二家をそのままにしておいたのかもな。だが、儂が就任したときの挨拶に来たのも二十三人、今までずっと見てきたが残りの二人はいない」

曲淵甲斐守が朝餉を終えて、箸《はし》を置いた。

「与力には五十人分として一万石の領地が与えられている。そこから一人あたり二百石とされているが、筆頭与力になると二百二十石に加増されたり、家を継いだばかりの新任だと百八十石に減らされたりする」

「おしなべて二百石ということでございますな」

二百二十石がいて百八十石がいる。平均すれば二百石になると亨は納得した。

「……甘いの、そなたは」

今度は盛大なため息を曲淵甲斐守が吐いた。

「余も同じ説明を左中居から受けた。そしてすぐに気づいたわ」

「気づかれた……」

慌てて亨は考えた。

「そなたが思いつくまで待ってられぬわ。簡単なことだ。筆頭与力は南北で一人ずつ、二人しかおるまい。対して新任の与力は、南北合わせて何人おる。二人ではないぞ。少なくともその数倍はおる。新任の意味をはき違えるなよ。今年家督を継いだ者という意味ではない。家督を継いだ後、出世せずまだ百八十石のままの者のことだ」

「あっ」

「やっと理解したか。二百二十石と百八十石が一人ずつならば、足して割って一人二百石だ。しかし、二百二十石が二人と百八十石が八人だとすれば……」

「二百石を割りこみまする」

亨が答えた。

「筆頭だけではないぞ。年番方になれば二百十石とかになる。しかし、年番方は南北で十人しかおらぬ」

「かなりの石高が、どこかに消えている」

「うむ」

強く曲淵甲斐守がうなずいた。

四

曲淵甲斐守は町奉行所の裏帳簿を見つけ出していた。

「一応、二人足りぬぶんの説明は受けた。町奉行となったときにな。その二人ぶんが、町奉行の任のための金で、奉行に年間四百石、四公六民ゆえ、実質百六十石を渡すと言いおった。最初はそうかと思っていたが、考えてみればおかしな話だ。ならば、最初から町奉行に加増すればすむ。ひそかに遣える金が要るのはたしかだが、それくらい町奉行になろうかという者は用意しておる。とても二人足りないのを表沙汰にしていない理由にはならぬ。ゆえに余は探ったのだ。与力の石高を知るのは簡単だ。奉行のもとには、与力、同心の名簿があるからな」

「畏《おそ》れ入りました」

亨は曲淵甲斐守の目の付け所の凄《すご》さに感心した。

「だが、そんなものはさほどのことではない。このていどならば、いかに責めたてたところで手慣れた年番方の与力ならば、うまく言い逃れるだろう」

「…………」

これ以上のことがあるのかと亨は緊張した。

「町方与力には、下総《しもうさ》に五十人分として一万石の給地が与えられている。他にも支配与力、それぞれの役目の組頭になれば二十石から三十石の役料が与えられる。さらに本勤になれば二十両、見習いには銀十枚が支給される。これが与力の収入だ」

まず曲淵甲斐守が町方与力の禄と手当を語った。

「問題は一万石の給地だ。下総は関東代官の支配地だ。関東代官は、関八州の幕府領を支配し、管轄する。とはいえ、あれだけの広大な幕府領を、代官所の少ない人数でどうにかできるものではない」

「わかりまする」

町方も少ない人数で天下の城下町を管理している。すべてに目が届いていないのは、代官所も同じであった。

「そこで町方は、己たちの給地を自分たちで管理すると申し出たのだ。こちらで年貢を集めて分配するとな。仕事が減るのだ。関東代官は喜んだだろう。もちろん、関東代官所に帳面くらいは出しているだろう。形だけでも整えてやらねばならぬからな」

「はい」

役人は、己の縄張りを侵されるのを嫌う。もっとも書類さえ整っていれば、それ以上突っこんできはしなかった。上から文句が付かなければ面倒は抱えたくはない。

「まだわからぬか」

「……申しわけありませぬ」

亨はうつむいた。

「一万石の給地、これは大名の領地と同じようなものだ。つまり、開発できる。下総行徳に給地が与えられたのは、元和《げんな》のころだという。当初は下谷《したや》金杉橋あたりにもあったらしいが、それは増上寺の建立で取りあげられ、代地として下総行徳が与えられた。幕府の目の届く下谷から下総への移転、与力どもはさぞ喜んだろうな」

「…………」

亨は身を乗り出した。

「新田開発もできる。いや、そんなことをせずとも、大坂の豊臣を滅ぼし、戦国を終えたばかりの元和と今では、米の取れ高が違う。今のほうが多い」

当たり前であった。いつ戦があって、田畑が荒らされるかと怯《おび》えての農作業と、確実に明日があるとわかっているのとでは、やる気が違う。雑草抜きを始めとする作業をまじめにやれば、米の生《な》りはよくなる。一万石が一万一千石や一万二千石になった。

「では……」

大坂町奉行所にいたのだ。それがなにを意味するかはわかった。

「それを年番方は仕切っている」

「だからあれほど、わたくしが書付を見るのを嫌がった」

「ああ」

曲淵甲斐守が首肯した。

「お目付さまに……」

「阿呆」

すぐにでも目付へ訴えるべきだと言った亨を曲淵甲斐守が叱りつけた。

「目付は容赦がなさすぎる。まちがいなく、南北両町奉行所の与力は全員咎めを受けることになる。筆頭与力と年番方与力は切腹、それ以外の与力は放逐だろう。闕《けっ》所《しょ》もまちがいない」

闕所とは、家屋敷を含む財産のすべてを取りあげることである。闕所となれば、家族も着の身着のままで放り出され、路頭に迷うことになった。

「町方の与力が全滅してみろ。町奉行所の機能は完全に停止する。そのうえ、残った同心たちからは、町方を破壊した者として憎まれるのだ。そんな町奉行が役目を果たせると思うか」

「いいえ」

力なく亨は首を左右に振った。

「今まで、このことに気づかなかった町奉行はおるまい。町奉行にまで登った世慣れた役人ぞ。遅かれ早かれ、気づいたはずだ。だが、誰も告発をしてはおらぬ。告発すれば、吾が身に跳ね返ってくるとわかっているからよ。告発して、一時、執政衆の覚えがよくなったところで、町奉行としての役目を果たせなくなった者が、引きあげてもらえるわけはない」

「浅慮でございました」

「わかったならば、この件に手出しはするな」

頭を垂れた亨に、曲淵甲斐守が釘を刺した。

「では、年番方にはもう顔を出さぬようにいたしまする」

「はき違えるな。顔は出せ。先日も申したであろう。そなたは嫌がらせだと。思い出したようにそなたが年番方へ顔を出せば、左中居への圧力になる」

「わかりましてございまする」

亨は主君の指図に従うと応《こた》えた。

「お奉行さま、お呼びと伺いましてございまする」

外から左中居作吾の声がした。

「来たな」

曲淵甲斐守が表情を引き締めた。

「わたくしは、いかがいたしましょうや」

同席か、出ていくかを亨は問うた。

「隅に控えておれ。ただし、決して口を開くな。驚きの声も許さぬ。ただ、黙然と座っていよ」

黙って控えておけと曲淵甲斐守が告げた。

「はっ」

指さされた隅へと亨は移動した。

「入ってよい」

「御免を蒙《こうむ》りまする」

左中居作吾が襖を開けて、下座へついた。

「くたびれた顔をしておるの」

最初に口を開くのは上役からと決まっている。徹夜明けで、くつろぐ間もなく呼び出された左中居作吾をねぎらうどころか、曲淵甲斐守は嘲弄《ちょうろう》した。

「いささか、御用が忙しく」

左中居作吾が普通に答えた。

「急に忙しくなったようじゃな。一昨日までは暮れ六つの鐘とともに帰っていたように思ったが、昨日は夜を徹したようだの。どういたしたか」

皮肉を曲淵甲斐守が続けた。

「お奉行さまはまだ就任されて間もございませぬゆえ、ご存じなくとも当然でございまする。奉行所の年番方と申すものは、急に忙しくなることもございまする。大きな捕り物があった前後などは、とくに処理せねばならぬ書付が増えますゆえ」

新任の町奉行にはわからないことだと左中居作吾が皮肉を返した。

「そうか。それは大変だの。人手が足るまい。亨を助けに行かせよう」

曲淵甲斐守が、亨を見た。

「いえ。年番方がどのようなことをするのかをおわかりでないとかえって……」

足手まといだと左中居作吾が断った。

「なに、筆写くらいならできよう。いや、墨をする。反故《ほご》を捨てる。皆の茶を淹《い》れる。こやつでもできることはいくらでもあろう」

雑用ならば、年番方の仕事を知らずともできるだろうと曲淵甲斐守が言い返した。

「ご冗談はお止《や》めくださいませ。筆頭与力格とされている内与力どのを雑用で使うなど、同心どもが萎縮してしまいまする」

身分を表に出して、左中居作吾が拒否した。

「使ってくれてよいのだぞ。内与力など奉行の雑用係のようなものだ」

「とんでもございませぬ。そこまでお気遣いいただかなくとも、我らは慣れておりますので、十分やれまする」

「さすがだの。町奉行所は年番方で回っているというのは、まちがいないようだ」

わざとらしく曲淵甲斐守が持ちあげた。

「御用はそれで終わりでよろしゅうございましょうや。今、年番方は吟味方からの要望を受け、すべての与力、同心の動きを再点検いたしておりまして……」

曲淵甲斐守から竹林一栄が求められた偽の書付一件の調査もしなければならない。

もう仕事に戻っていいかと左中居作吾が下がる許可を求めた。

「いつ終わる」

「…………」

調査はいつまでだと訊かれた左中居作吾が黙った。

「……なにぶん、町奉行所役人だけで百人をこえまする。それに訴訟ごとで出入りする町人や触れを受け取りに来る町役人と洗い出さなければならない者が多すぎまして、いつまでかと言われましてもお答えできかねまする」

あらかじめ用意していた答えを左中居作吾が口にした。

「いつまでかかるかわからぬと」

曲淵甲斐守が確認するように言った。

「申しわけなき仕儀ながら……」

左中居作吾が頭を垂れてみせた。

「そうか。人手が足らぬようだな。亨」

小さく口の端をゆがめて、曲淵甲斐守が亨へ顔を向けた。

「はっ」

亨は両手をつきながら曲淵甲斐守を見上げた。

「この一件、そなたに預ける」

「なっ……」

左中居作吾が驚いて顔をあげた。

「とはいえ、一人ではできることに限界があろう。亨、そなたは年番方与力どもの負担を減らしてやれ」

「年番方の負担でございますか」

どうすればいいのかと亨は当惑した。

「そのようなお気遣いをいただかなくとも、我らは仕事に邁進《まいしん》……」

抵抗しようとする左中居作吾を無視して曲淵甲斐守が続けた。

「亨、そなたは北町奉行所に属している与力だけでよい」

「与力衆を調べればよろしいので」

「なっ、なにを」

曲淵甲斐守の言葉に、亨は確かめるように訊き、左中居作吾は絶句した。

「そうだ。年番方も同僚の与力、同心たちを疑うのは辛かろう。本来ならば、同心を含めた全員を取り除いてやりたいのだがな、亨一人で百人以上は無理だ。ならば、与力だけでも見てやれば、ずいぶんと心が楽になるであろう」

皮肉げに曲淵甲斐守が頬をゆがめた。

「なるほど。仰せの通りでございまする」

亨は感心した。

「お、お待ちを」

慌てて左中居作吾が声をあげた。

「うん、なんじゃや。遠慮は要らぬぞ。町奉行所は一枚岩じゃや。互いに助け合うのが当然であろう」

曲淵甲斐守がぬけぬけと言った。

「いえ、慣れておらぬとこの手の仕事は捗《はかど》らぬどころか、過ちを犯しまする。どうぞ、この一件は我らにお任せいただきますよう」

「いつまでに終わる」

先ほどの質問を曲淵甲斐守が繰り返した。

「……それは」

左中居作吾が詰まった。

ここで同じくいつまでかかるかわからないと答えれば、亨の介入を防げなくなる。かといって日限を切れば、前回の答えを覆すことになった。

「できるだけ早急に」

ごまかすしか左中居作吾にはできなかった。

「却下じゃ」

曲淵甲斐守が拒んだ。

「ときをかけていては、犯人に証拠を隠滅する暇を与える。どころか逃げ出すやも知れぬ。与力の身分を捨てるには惜しいと躊躇《ちゅうちょ》している間に、尻尾を摑まねば意味がない」

しっかり曲淵甲斐守が与力のなかに犯人がいると断言した。

「ではございますが、拙速は冤罪《えんざい》を生みかねませぬ。まちがえて咎め立ててしまえば、後々取り返しが付きませせぬ」

正論を左中居作吾が振り回した。

「おもしろいことを言うの」

曲淵甲斐守が声を出さずに笑った。

「偽の書付を突きつけて、亨を喧嘩両成敗にさせようとしたそなたたちが、冤罪を口にするとはの」

「………………」

左中居作吾が言葉を失った。

「十日くれてやる」

黙った左中居作吾に曲淵甲斐守が区切った。

「十日では少なすぎまする」

「手助けを拒んだのは、そなただ」

文句を言った左中居作吾を曲淵甲斐守が一蹴した。

「……うう」

左中居作吾が口ごもった。

「十日経って、報告がなければ……亨、そなたが指揮を執れ」

「承知いたしましてございまする」

亨が平伏した。

「……ごめん」

悄然《しょうぜん》とした左中居作吾が、曲淵甲斐守の前を下がった。

「このままでは……」

廊下に出た左中居作吾が瞑目《めいもく》した。

# 第四章　刺客横行

## 一

神田の次郎のもとに陰蔵からいつでもいいとの報せが届いた。

「三日目か。約束は守りやがる」

脅されたときのことを思い出したのか、嫌そうな顔をしながら神田の次郎は、北町奉行所へと向かった。

「旦那に一言断りを入れとかなきゃ、なんめえな」

奉行所の大門を潜ってすぐ右が同心の控えになっている。そこへ神田の次郎は入った。

「板谷の旦那」

控えの土間から神田の次郎が声をあげた。

「……次郎けえ」

簡素な襖を開けて北町奉行所定町廻り同心板谷が気怠《けだる》げな顔を出した。

「どうしたい。おいらがまだ無事かどうかを確かめに来たか」

笑いかけた板谷が頬を引きつらせた。

「勘弁してくだせえ。旦那とあっしは一蓮托生なんでござんすよ」

神田の次郎が手を振った。

「違《ちげ》えねえ」

板谷が小さくうなずいた。

「で、なんだ、今日は。縄張りの巡回なら、まだ出ねえぞ」

月番でなくても定町廻り同心は、一日一度縄張りを見て回った。

「変わりねえか」

といったところで、町内にある自身番に外から声をかけるだけである。

「お陰さまで」

自身番に詰めている大家の雇われ人が、こう返せばそれで町内は終わりであった。

「なになに屋さんが、ちとご相談したいことがあると」

雇われ自身番が、こう言えば、そこへ足を運ぶ。話を聞いて、なにかしらの対応を指示すれば、次の町内へと移る。

こうやって町内の状況を自身番に集約することで、定町廻り同心は広大な縄張りを一人で把握していた。

「その前にちと……」

わざとらしく神田の次郎が、控えにいる他の同心を気にしてみせた。

「……ちょっと待ちな。少し早いがおいらも巡回をしよう。門を出ておけ」

密談を望んでいると気づいた板谷が、準備のために控えに戻った。

「……次郎」

神田の次郎を追うように奉行所を出た板谷が、大門から少し離れているところで待っていた神田の次郎に手をあげた。

「すいやせん」

呼び出したことを神田の次郎が詫びた。

「いいってことよ。きっかけになった。あれ以来、他の同心たちが、どうもよそよそしくていけねえ」

　板谷が苦笑した。

「まあ、こんなところで立ち話は目立つ。歩きながら話そう」

　行くぞと板谷が前に立った。

「どうなんでやすか」

　己の将来にかかわる一大事である。神田の次郎が状況を問うた。

「……なにもねえ」

　板谷が難しい顔をした。

「筆頭与力さまはもとより、年番方の左中居さまからも声さえかからねえ。かといってお奉行からも呼び出しもねえ」

「なにもなかったことになったのではございませんか」

　神田の次郎が期待をこめて言った。

　役人の得意技の一つに、面倒はなかったことにするというのがある。

「だったら、大番屋に浪人者と名乗ったあいつが戻ってなければなるめえが」

「それも含めてなかったことになったんじゃ」

「甘《あめ》えな。てめえが会った内与力がいるんだぞ。そいつが納得するわけねえだろう。内与力は、与力と付いちゃいるが、町方じゃねえ。よそ者だ。おいらたちの機微なんぞ、気にもしねえよ」

板谷が首を大きく左右に振った。

「そいつのことなんですがね」

本題に神田の次郎が入った。

「なんだ」

板谷が少し警戒を見せた。

「内与力もなかったことにしたらと思うんでやすが」

「…………」

神田の次郎の言い出した内容に板谷が黙った。

「まとめて全部なかったとすれば、すべて丸く収まると」

「てめえ、意味がわかって言っているのか」

もう一度述べた神田の次郎に、板谷が低い声を出した。

「…………」

無言で神田の次郎が、板谷を見つめた。

「……手配は」

板谷が声を潜めた。

「陰蔵に金を渡しやした」

下手に隠すのはまずい。手札をくれている旦那に睨まれたら、御用聞きは終わる。手札を取りあげられたら、御用聞きからただの親爺《おやじ》に戻る。だけならいいが、御用聞きの隠れ蓑《みの》のお陰で見えなかった悪事が表に出てしまう。

神田の次郎は素直に告げた。

「なんだと。陰蔵に金を払ってしまったのか」

「二十両、払いやした」

驚いた板谷に、神田の次郎がうなずいた。

「先に相談しろ。この馬鹿が」

板谷が怒った。

「陰蔵は、一度引き受けた仕事はかならずやる。頼み人でも、取り消しは利かねえ。それをわかっていたのだろう」

「へい」

神田の次郎が認めた。

「まったく……焦るのはわかるが」

板谷が嘆息した。

「……ふう。やっちまったものはしかたねえ」

大きく息を吐いたことで、板谷が気持ちを切り替えた。

「いつやる」

「今日から狙うと通知がござんした」

「……今日か。まさか、奉行所へ討ちこむ気じゃなかろうな。そんなまねをしたら、放っておけねえぞ。草の根分けても陰蔵を捕まえなきゃならなくなる。どころか、おめえもお縄だ」

「それは大丈夫で」

板谷の懸念を神田の次郎が否定した。

「内与力を奉行所から、誘い出す手はずになってやす」

「誘い出す……どうやって。理屈をどう付けるつもりだ。おめえに呼び出された先で襲われたら、三歳の子供でも、おめえを疑うぞ」

板谷があきれた。

「それなんでございますが……」

神田の次郎が、あたりに目をやった。

「誰も聞いちゃいねえよ。江戸もんは、他人の話に耳をそばだてるほど暇じゃねえ。かえって周りを気にしすぎているほうが、目立つぞ」

警戒しすぎだと板谷が言った。

「あの浪人者と名乗った内与力に捕まった野郎が、どうやら死んだようで」

「死んだ……どういうことだ」

板谷が目つきを変えた。

「昨日、大番屋へあいつが本当に放免されたかを確認に行ったんでやすが……」

「さっさと言え」

前提は不要だと板谷が急かした。

「大番屋に身元不明の仏についての張り紙がござんした。気になったので、南の当番同心さまに詳しくお伺いしましたところ、人相書きを見せてくださいやして」

「それが、あの浪人者と名乗った男にそっくりだったというんだな」

「へい」

先回りした板谷に、神田の次郎が首を縦に振った。

「ふむう」

板谷が腕を組んで思案し出した。

「それなら内与力を呼び出すのに十分な理由になるな。なにせ、あの浪人者と名乗った男を捕まえたのは内与力、そいつを大番屋まで連れていったのはおめえ。両方とも顔を知っているわけだ」

「…………」

板谷の考えがまとまるまで、神田の次郎は黙って見守った。

「問題は、呼び出しをどうやって他の内与力たちに知られぬようにするか。もちろん奉行も含めてだが……」

独り言を言いながら板谷が策を考えた。

「……次郎」

「なんでござんすか」

ようやく考えをまとめたらしい板谷に、神田の次郎が応じた。

「内与力を呼び出すときに、口止めをしておけ。幸い、仏は南町の管轄だ。そこに北町が口を出すのはまずいとかなんとか理屈をこねろ。もし、北町の内与力が南の案件に手出ししているとばれたとき、他の者が知っていながら止めなかったとなれば、奉行の進退にも及ぶと脅せば……内与力は町方じゃねえ。町奉行の家臣だ。主君に傷を付けるわけにはいかねえだろう」

「なるほど」

神田の次郎は板谷の案を聞いて、感心した。

「どこがよろしゅうござんすか」

「内与力を誘い出すのにか……そうよなあ、できるだけ他人目のないところがいいだろう。陰蔵もそっちが都合いいだろう」

適当な場所を尋ねた神田の次郎に、板谷が首をかしげた。

「となると、どこぞの廃寺か、空き家だな」

「……あっしの縄張り近くだと、明神さまの裏手に空き屋敷がござんした」

「明神さまの裏手というと、八年ほど前に潰された、なんとかいう旗本の屋敷か」

「さようで。大門は竹矢来で封じられてやすが、盗人が入ったのか、潜り戸の閂《かんぬき》が壊されてやして、誰でも出入りできやす」

神田の次郎が説明した。

「明神さまの裏だと、他人目は多いぞ」

霊験あらたかで知られる江戸の守護神は、庶民だけでなく武士からの崇敬も厚い。参拝する者は途切れない。

「かえってそのほうが紛れやせんか」

「かも知れねえな。じゃあ、そこにしろ」

板谷が認めた。

「陰蔵への繋ぎはできるんだろうな。場所と刻限を報せなきゃなるめえ」

連絡手段の構築は終わっているかと板谷が問うた。

「それが……ずっと見張っているので、いつでも構わないと、陰蔵が」

神田の次郎が述べた。

「なんだと……」

慌てて板谷が周囲に目を走らせた。

「おいらを巻きこんだな、おめえ」

板谷が神田の次郎を睨みつけた。

「そんなつもりはございやせん。ただお報せだけはしておかなければと、思っただけでござんす」

神田の次郎が否定した。

「……なにを言いやがる。陰蔵のことだ。おめえのことも徹底して調べているぞ。当然、おめえがおいらの手下《てか》だとは知っているだろう。そのおめえが、陰蔵から始めるとの連絡をもらうなり奉行所まで来て、おいらを呼び出した。ここ三日、一度もおいらを訪ねてこなかったおめえがだ」

「…………」

反論できない。神田の次郎は沈黙した。

「陰蔵としたら、内与力を誘い出す知恵を借りに来たと思うだろうが」

「……申しわけありやせん」

叱られた神田の次郎が詫びた。

「今さら、遅いわ。そもそもおめえが内与力の捕まえた野郎を引き受けるから悪いのだぞ。ちょっとした手柄に目の色を変えやがって……あの野郎を預からず、内与力を大番屋へ案内するだけにしておきゃあ、よかったんだ」

憎々しげな声で板谷が神田の次郎を罵《ののし》った。

「そんなあ。すんじまったことを言われても……それにあっしが手柄を立てれば、旦那の名前もあがりましょう。筆頭同心になるのが目的《ゆめ》だとおっしゃってたじゃありませんか」

神田の次郎が泣き言を返した。

「やかましい。まったく、どうしてくれようか……」

板谷が苛ついた。

「……次郎。内与力をうまく始末できたら、今回の不始末は水にしてやる」

しばらく爪を噛んでいた板谷が頭を切り替えた。

「ありがとうございまする」

さっと神田の次郎が顔色をよくした。

「ただし、失敗したときは、おめえを人身御供に差し出すからな。手下の暴走だとお奉行に報告する」

「ちょっと、旦那」

神田の次郎が焦った。

「旦那と一蓮托生でござんすよ」

「馬鹿言うな。なんで、手下と心中しなきゃいけねえんだ。ふざけるな」

すがるような神田の次郎を板谷が突き放した。

「旦那一人が無事でいようなんぞ、あんまりだ」

「無事なわけねえだろうが。手下から罪人を出したんだ。まちげえなく、おいらも定町廻りは外されるわ」

左遷されると板谷が告げた。

「それくらい……」

「同心が定町廻りでなくなる。何年かかったと思ってやがる。同心は廻り方になってやっと一人前だ。定町廻りを辞めさせられる。それがどれほどのことか、わからねえか。傷が付くんだぞ、おいらの経歴に。筆頭同心にはもうなれやしねえ」

板谷が天を仰いだ。筆頭同心になると扶持が増える。だけでなく、出入り金の分配も多くなる。同心すべての憧《あこが》れであった。

「おめえごとき小者とでは、引き合わねえよ」

「……うう」

役目が大事だと言われた神田の次郎がうめいた。

「用件はそれだけだな。なら、おいらはここで別れるとしよう」

さっさと板谷が足を速めて離れていった。

「……ちくしょう」

神田の次郎が、板谷の姿が見えなくなったところで、吐き捨てた。

「おいらがどれだけ尽くしてやったと思っていやがる」

失敗したときは切り捨てるどころか、売り払うと言われたのだ。神田の次郎が憤るのも当然であった。

「……腐れが。まともな手当さえ寄こしたこともねえくせに」

神田の次郎が懐から十手を取り出した。

「これだって、他の旦那のなかには作ってくださるお方もいるのに、てめえは一文もくれなかった」

　御用聞きの十手は御上からの下さりもの、預かりものではなかった。無手で捕り物をするのが怖い御用聞きや、町奉行所の後ろ盾をひけらかしたい者が、手札をくれている旦那の許可を得て作る。

　ほとんどの場合、下っ引きから親分として独立したときの祝いとして、旦那役の同心が用意する。それを板谷はしなかった。

「一蓮托生だと言いながら……」

　御用聞きと旦那役の同心は一方的な一蓮托生であった。

　旦那役の同心が法度に触れて免職あるいは捕縛されたとき、まず手下の御用聞きも無事ではすまない。

　しかし、御用聞きがなにかをしでかしたときは、蜥蜴《とかげ》の尻尾のように切り捨てられた。

「お奉行さまの前に引きずり出されたときに、あの野郎を売り返しても、ほとんどの場合、取りあげられない」

　町方役人の結束は固い。御用聞き一人が叛旗《はんき》を翻したところで、南北両方の町方役人が組めば揺らぎもしない。どころか、今は親しく行き来している御用聞き仲間でさえ、敵に回る。

「家族までやられる」

旦那役の同心には、なにもかも知られていた。

妻のことはもちろん、妾をどこに囲っているかも報せている。そうしないといざというときに連絡が取れなくなるからだが、すなわち弱点を握られているに等しい。

町方役人を怒らせれば、これらにも手出しされかねない。それこそ、妻を同罪だとして江戸にいられなくしたり、妾を隠し遊女だと摘発して吉原に沈めることもできるのだ。

「くそっ、しくじれなくなった」

神田の次郎が歯がみをした。

「……やるしかねえ」

ぐっと腹に力を入れた神田の次郎が今来た道を戻り、亨を呼び出すべく町奉行所へと進んだ。

## 二

　年番方を脅しあげた後、亨は次をどうするかで悩んでいた。

「続けざまに別のところへ顔を出すのはよせ。子供が遊びに行っているように見える。考えなしだと見抜かれたら、そなたの効果はなくなる。左中居に与えた猶予の十日間はとくにな。そなたが堂々と町奉行所を睥睨《へいげい》しているだけで、左中居たちは焦る。今は、それだけでいい」

　年番方の後、吟味方へ嫌がらせの顔出しをしようとした亨を曲淵甲斐守が制した。

「十分に下調べをし、なにかを決めて調べに入ったと思わせなければ、効果が出ない。なにもわからない素人に探られても、なにを見つければいいかさえわからないとばれれば、放置できるだろう」

「では、年番方が慌てたのは」

「思いあたることが多すぎたのだろう。あと、筆頭与力を余があしらったばかりだったというのも影響していたはずだ」

曲淵甲斐守が推測した。

ほとんどの場合、町奉行になった者は、筆頭与力を知恵袋代わりに使う。町方のことに精通しているから、町奉行に抜擢されるわけではなく、単に順繰りで出世した結果という旗本が、実務をできるわけなどない。

「このようなことが、城下で起こっていると聞いた。それについて、意見を述べよ」

朝、登城しているときに老中から、こう問われることもある。

「よく調べまして、明日にでも報告をさせていただきまする」

すぐに答えられればなによりだが、わかっていることだけを訊いてくるわけではない。なかには初耳のものもある。そのようなときこそ、筆頭与力が力になった。

町方役人を統率している筆頭与力は、世情にも詳しい。たとえ、質問されたことを知らなくても、筆頭与力が他の町方役人たちに問うてくれる。

「このようになっているようでございますが、こうすれば問題なくなるかと」

それだけではない。対応のしかたまで教えてくれる。

もっともこれは筆頭与力との仲がよい場合だけである。町方役人との間がうまくいっていないと、何一つ教えてもらえず、老中への返答もいい加減なものになってしまう。

「そなたの申したこと、どれ一つ要点を得ておらぬ。対して、もう一人の町奉行の答えは的確であった。これでは江戸の治安を預かるという要職は務まらぬぞ」

老中から叱られてしまう。

幕政のすべて、人事も握っている老中に役立たずと思われたら、役人として終わりであった。とくに町奉行のような旗本垂涎《すいぜん》の役目は、次を狙っている者が多い。

「町奉行の職を解き、寄合を命じる」

役目を奪われたうえ、小普請組同様の寄合組へ落とされる羽目になる。

町奉行になる者は、誰もがそれを怖れ、町方役人の機嫌を取る。また、そのほうが、うまく回った。

それを曲淵甲斐守はよしとしなかった。

「誰がもっとも上かを教えこまなければならぬ。上を傀儡《かいらい》とし、思うがままに町方の役目を私《わたくし》していくるような連中を放置しては、いつか大きな穴にはまる」

曲淵甲斐守はそれを怖れていた。

「大きな穴でございまするか」

言われた亨は首をかしげた。

「慶安の変を、そなたは知っておろう」

「軍学者由井正雪《ゆいしょうせつ》の乱ならば」

確認された亨がうなずいた。

「あの一件、由井正雪を始めとする一味の捕縛に動いたのは、当時の町奉行であった」

紀州家へ出入りしていたとはいえ、由井正雪は町人であり、仲間の槍遣い丸橋忠弥《まるばしちゅうや》は浪人で、ともに町奉行所の管轄であった。

「大捕り物の末、丸橋忠弥を捕縛したのはいい。あいにく駿河《するが》まで出張ったが、由井正雪に自害されてしまったのも、取り逃がすよりははるかにましじゃ」

曲淵甲斐守が力説した。

「問題はどこにございまする」

逃がさなかったのならば、いいのではないかと亨は尋ねた。

「捕り物はいい。及第ではないが、落第でもない。問題は捕り物の前にある」

「前でございますか」

町奉行所の本来は捕り物にある。その前と言われても亨にはわからなかった。

「由井正雪が謀叛《むほん》を企んでいると気づいたのが、町奉行ではなかった。老中松平《まつだいら》伊豆守信綱《いずのかみのぶつな》さまであった。これが悪い」

苦い顔で曲淵甲斐守が述べた。

「町方で謀叛の相談がなされていた。となれば、町奉行がそれに気づかねばならぬ。そうであろうが」

「左様とは存じますが、あのときは訴人があって気づいたと伺っております。訴人が松平伊豆守さまのもとへ出向いたのならば、いたしかたないのでは」

「それは違う」

亨の意見を曲淵甲斐守が否定した。

「なぜ、訴人は町奉行を選ばなかった」

「それは、謀叛という大事でございまするゆえ、ご老中さまを選んだのでは」

「いいや」

またも曲淵甲斐守が亨の答えに首を横に振った。

「たかが町人の謀叛だぞ。これが島津あるいは前田が兵を江戸に向かわせるというのならば、ご老中さまにお伝えすべきだ。しかし、相手は町人。そして浪人を含めた町人は町奉行所の管轄である」

正論であった。

「ではなぜ、訴人は町奉行所に来なかったのか。一つは褒賞が期待できないからだ」

「褒美ならば、町奉行所も出せましょう」

亨が怪訝な顔をした。

町奉行はたまに親の面倒をよく見ている孝行な子供や、町内のもめ事などをうまくまとめあげた大家などに金一封を出して表彰している。

「あんなもの褒美に入るか」

曲淵甲斐守が違うと断言した。

「由井正雪を訴人した者も浪人だったが、乱が治まった後、松平伊豆守さまのご推挙で旗本になっている」

「旗本に……」

浪人が禄を得る。これがどれほど希少なことか、亨もよくわかっている。

「まあ、それは仕方がない。浪人は仕官に必死だからな。仲間や知人を売ってでも世に出たいと願って当然。だが、それ以上の理由があると余は思っておる」

まだ問題はあると、いや、これこそ本題だと曲淵甲斐守が続けた。

「訴人がこちらに来なかったのは、町奉行所が信頼されていなかった。謀叛人に対抗できると思われていなかったのだ」

「…………」

主君の思いを亨は黙って聞いた。

「それはなぜか。町奉行所に謀叛人を抑えこむだけの武力がなかったからだ」

「武力……」

町奉行所に配置されている与力、同心は少ない。たしかに武力といえるほどのものではなかった。

「だが、江戸の町は町奉行が預かっている。江戸であったことで、町奉行所が主ではなく従であるなど許されぬ。それでは、いつまで経っても、町奉行所は庶民から敬意を受けられぬ」

「はあ……」

熱く語る曲淵甲斐守に、亨は唖然とした。

「今、天下は安泰だ。外様大名も牙《きば》を抜かれ、大人しい。おそらく慶安の変や天草の乱などはもう起こるまい」

曲淵甲斐守が目を閉じた。

「だが、ないとは言えぬ」

「はい」

それは確かであった。絶対大丈夫だと断言できるのは、神だけである。

「余はそのときに備えねばならぬと考えている。江戸で万一のとき、町奉行所が率先して出る。そして賊徒を粉砕する。それだけの武を町奉行所は持たねばならぬ」

曲淵甲斐守が目を開けた。

「そして、先ほど言ったように、町奉行所は庶民から敬されなければならぬ」

もう一度曲淵甲斐守が言った。

「今、町奉行所には、武も敬もない。与力、同心どもは安易に流れ、武の鍛錬をせぬ。せいぜい廻り方同心が捕縛術を習うていどだ。年番方など、算盤《そろばん》は触っても、竹刀《しない》さえ持ったことなかろう」

「…………」

己もさほどまじめに剣を学んだわけではない。亨は沈黙を守った。

「庶民よりの敬意はもっと酷い。今の町方は金に汚い」

「仰せの通りでございまする」

これには亨も同意できた。

「たしかに人を使わねばならぬ町方は金が要る。そのぶんの手当が御上からなされていない」

「殿」

幕政批判になりかねない。思わず亨は声を出した。

「そなた以外の誰も聞いておらぬ。他では口にもせぬわ」

曲淵甲斐守がここだけの話だと言った。

「最初は配下どもを養うために金を求めたのだろう。しかし、それがいつのまにか変わってしまった。与力、同心が贅沢《ぜいたく》な生活を送るために金を集めるようになった。

見ただろう、与力、同心どもの身形を」

「はい」

亨は首肯した。

さすがに同心は木綿を身につけているが、与力は上から下まで絹もので統一していた。

「紺足袋《こんたび》でなければならぬなど、ふざけるにもほどがある」

町方役人は、白足袋でなく紺足袋を愛用した。

江戸は赤城山から吹き下ろす風のせいもあり、砂埃《すなぼこり》が舞いやすい。紺足袋など履いて歩き回れば、一日もしないうちに汚れで白くなってしまう。

汚れれば洗えばいい。当たり前の話である。が、紺足袋は染めてあるだけに、一度でも洗えば色あせる。色あせた足袋は、どうしてもすすけた感じを出してしまう。

町方役人たちは、自らを江戸の粋を体現している者と胸を張っている。そのために髷《まげ》も大銀杏《おおいちょう》という独特な形に結う。そんな町方役人が、色あせた足袋など履くのは恥だと考えるのは当然の帰結である。

そう、町方役人は一度履いた紺足袋は、捨てるのだ。

「紺足袋は、白足袋よりも染めの手間だけ高い。それを一日で捨てるなど、武家にあるまじきことだ。ものを大切に使うという規範を武家が率先して庶民に見せねばならぬというのに、町方役人どもは粋がどうの、沽券《こけん》がどうのと申し、無駄を平気でしている」

曲淵甲斐守は食事も一汁二菜を守っている。身につける衣服も普段は木綿ものと質素な生活をしている。

そんな曲淵甲斐守には町方役人の態度が我慢できなかった。

「庶民から尊敬されるか、あれで」

「思えませぬ」

亨も同じ思いであった。

「金は要る。なければできぬことも多い。しかし、役人が余分な金を持つのはよろしくない。武家は金に固執してはならぬ」

「はい」

曲淵甲斐守の言葉に、亨は感動していた。

「庶民が金を求めるのは咎めるべきではない。百姓は来年凶作になる恐れがある。

職人は、身体を壊し働けなくなることを考えねばならぬ。商人は商いでの損失を勘定に入れておくべきである。よって、いざというときのための金は用意しておかねばならぬ。しかし、武家は違う。武家には禄がある。来年も同じだけの収入がある。禄が少なく食べかねる小身の者が、内職するのはいたしかたない。だが、そうでない者は、金にきれいであれ。余はそう思う」

「……殿」

崇敬の目で亨は曲淵甲斐守を見上げた。

「金は汚い。人の心をむしばむ。金さえあればなんでもできると思いこみ、品性下劣に落ちる。小判に執着し、己の身形を飾ることしか考えぬ町方役人が、庶民の尊敬を得られるはずはなかろう。武家は金とは縁のない高みから、庶民たちを導いてこそ敬われる」

「まことにその通りと存じまする」

「余は町方を、庶民から怖れられ、頼られるものへと変えたい。町奉行所こそ、江戸の守り神だと天下に知らしめたい。火付け盗賊改方など無用だと執政衆に思わせたい」

江戸の治安の悪化に伴い、幕府はお先手《さきて》組のなかから、火付け盗賊改方を選び、町奉行所同様の役目をさせていた。

その名前の通り火付けと盗賊を主に取り締まるが、完全に町奉行所の管轄への侵食であった。

「町奉行所を改革し、江戸の治安を安定させる」

「……………」

初めて曲淵甲斐守の口から聞いた目的に、亨は心を震わせていた。

「その功績をもって、余は留守居にあがる」

留守居は旗本最高の役目であった。その名前の通り、将軍が江戸城を離れている間の留守を預かるのが主たる役目で、普段は大奥と表を繋ぐ御広敷《おひろしき》を管轄した。城主格の大名として扱われ、下屋敷を与えられた。他にも次男まで将軍へ目通りが許されるなどの特権があった。

「留守居は五千石だ。足高《たしだか》も留守居の場合は形だけとなり、就任と同時に加増されるのが慣例」

八代将軍吉宗は役高に合わせて本禄を増やしていた習慣を止め、経費節約のために役目にあるときだけ役高に禄を合わせる足高の制を始めたが、その死とともに形骸化していた。

「それに親が留守居で隠居したとき、世継ぎはすぐに役目を与えられるのが慣習。それもかなりよいところから始まる」

親の出世は、子供にも大きな影響を及ぼした。

「曲淵家が大名になるためには、どうしても留守居にならねばならぬ。余はそのために町奉行所を変える」

「…………」

感動に打ち震えていた亨は呆然となった。

「働け、亨。余が留守居となったときは、そなたにも十分報いてくれる。禄を倍にしてくれる」

「…………」

亨は最初の理念との落差に言葉が出なかった。

「わかったならば、今、なすべきをおこなえ」

用はすんだと曲淵甲斐守が手を振った。

三

長く曲淵甲斐守と話していた亨を、同僚の山上が待っていた。

「ずいぶん、ときがかかったの。なにか重要な事柄でもあったのか。もし、そうなれば我らにも聞かせてもらわねば困る」

山上が探りを入れてきた。

「お叱りを受けておりました」

内容を話すわけにはいかない。亨は怒られていたとごまかした。

「なにを叱られていた」

山上が喰い下がった。

「それはご勘弁を」

曲淵の家中で、用人を務める城見の格は山上よりは高い。しかし、亨はまだ部屋住みの身分で当主ではないうえ、相手のほうが歳上である。亨はていねいな口調で断った。

「我らにも同じお怒りがあるかも知れぬではないか。そなたがこれでお叱りを受けたと公表してくれれば、同じ轍《てつ》を踏まずにすむかも知れぬ。同僚の誼《よしみ》であろう」

「お役目のことではございませんので。では」

亨は個人の身の上にかかわる問題だとして強く拒否した。

「…………」

山上が疑わしい目で亨を見た。

町奉行所に金で飼われたと露見した山上は、執務室への出入りを制限されていた。

「ごめん」

亨は目を逸らして、立ち去ろうとした。

「おぬしに面会じゃ」

ようやっと山上が用件を口にした。

「わたくしに……」

思いあたる相手がいない。亨は怪訝な顔をした。

「神田の次郎とかいう御用聞きだ。ここまで通すわけにはいかぬゆえ、奉行所表門側の小者待ちにおる」

御用聞きは公式な町奉行所の役人ではなく、町奉行所のなかへ入るだけの権を有してはいない。御用聞きは、皆、表門を入ってすぐに設けられた土間で待機した。

「存じ寄りの者でござる。かたじけない」

伝言に感謝して、亨は小者待ちへと急いだ。

小者待ちは四畳ほどの広さの土間に腰掛けの板が壁から出ているだけという造りの小部屋である。扉はなく冬でも吹きさらしに近い。一応、奉行所からの情けとして、火鉢と薬缶《やかん》は置かれているものの、質素なものであった。

「城見さま」

近づいた亨に気づいた神田の次郎が、小者待ちから出てきた。

「待たせた」

亨は頭を下げずに詫びを口にした。

「いえ。お呼び立てして申しわけございません」

深々と神田の次郎が頭を下げた。

「どうした」

「ここではちょっと」

奉行所の大門を入ってすぐのところだけに、人通りは多い。神田の次郎は口ごもった。

「出よう」

すぐに亨が応じた。

「…………」

常盤橋御門を出るまで、神田の次郎は口をつぐんだままであった。

「もうよかろう」

茅場町《かやばちょう》へ入ったあたりで、亨が足を止めた。

「……へい」

神田の次郎が少し間を置いてから同意した。

「早速だが、何用であるか」

曲淵甲斐守からあまり派手に動くなと釘を刺されたばかりで、別段することのない亨だが、無駄にときを費やすわけにはいかなかった。

「あの侍の居場所が知れやした」

「おおっ」

神田の次郎の話に亨は身を乗り出した。

「どこにいた。身分は」

まちがいなく寺社奉行松平伊賀守の家臣だとわかっているが、それは事に失敗するまでのことだ。内与力を数人で襲いながら、敗北して俘虜《ふりょ》になったとあれば、まず家中からの放逐は避けられない。

「参ろう、今すぐに。そやつをお奉行さまのもとへ連れていかねばならぬ」

亨が神田の次郎を急かした。

「そいつは無理でござんす」

神田の次郎が首を横に振った。

「まだ浪人ではないのか」

いくらなんでも現行犯でない寺社奉行の家臣を捕まえるわけにはいかなかった。下手をすると曲淵甲斐守と松平伊賀守の争いに発展する。

役人同士の争いはよほどのことがないかぎり、格上に配慮される。この場合、寺社奉行の松平伊賀守が勝つ。

そして役人としての争いに負けた曲淵甲斐守は、その責めを負って町奉行を自ら辞するか、名ばかりの閑職へ左遷される。

亨は嘆息した。

「浪人でも、藩士でもございません。仏さまになっていたんでございますよ」

「仏……死んだのか」

神田の次郎の話に、亨は目を剝いた。

「へい。放免された翌朝、町中で斬られて死んでいるのが見つかりやした」

「なんだと。放免の翌日にか。ならばなぜもっと早くわからなかった。お奉行さまのもとにも報せが届いておらぬ」

すでにあれから五日以上になる。どうなっているんだと亨は咎める声をあげた。

「無理を言われては困ります。今月の月番は南町さんで」

「……南町の担当か。それを北町に通達するなどは」

「よほど大きな事柄だとか、重要なお触れならば通告をくれましょうが、身元不明の浪人らしき男の死体が転がっているていどでは……」

亨の要求を神田の次郎が否定した。

「むう」

唸った亨だったが、すぐに気づいた。

「おぬしはどうして知った」

「大番屋に張り紙がございました」

「……たしかにあった」

亨も見た覚えがあった。

「気になったもので、顔見知りの南の旦那にお願いして、人相書きを見せていただきましたら、あの男の特徴と一致いたしまして」

「人相書きなどがあったのか」

気にはなっていたが、あのときは曲淵甲斐守の命で大番屋に行っていたのだ。己の興味を優先させるわけにはいかず、亨は張り紙の詳細を求めなかった。

「身元不明の死体をそのまま置いておくわけにはいきやせんでしょう。三日もしたら、親でさえわからないほどに膨れあがりやすし、臭いや汁がきつくもなりやす。そのため、ていねいな人相書きか、似顔絵を作ったところで、死体は回向院へ運ぶことになっておりやす」

「それもそうだな」

死体をいつまでも保管しておくことはできない。回向院はもともと明暦の大火で焼け死んだ十万ともいわれる江戸の民を供養するために建立された寺で、無縁仏の多くはここに運ばれた。

「殺されたにまちがいないのか」

亨が確認した。

「記録には真っ向からの斬り傷があったと」

斬殺だと神田の次郎が述べた。

「……口封じだな。酷いことをする」

裏に上田藩松平家がいると亨は悟った。

「お侍さまにはよくある話でござんしょう。都合の悪い者は切り捨てる」

氷のような目つきで、神田の次郎が言った。

「ないとは言わぬが、そうそうあるものではなかろう」

「さようでござんすかね」

亨の言いぶんに神田の次郎が絡むような反応をした。

「なにか……」

「いえ。なんでもございやせんよ。ところで、浪人者が死んでいた場所に行かれやすか」

　手を振った神田の次郎が話を変えた。

「行けるのならば、行きたい」

　亨は乗った。

「では、ちょいと歩きやすよ」

　神田の次郎が先に立った。

「待て、お奉行さまに報告をしておかねば」

「それはちょいとよろしくねえかと思いやす」

　戻りかけた亨を、神田の次郎が止めた。

「なぜだ」

「南町の縄張りに手出しをすることになります。もめたとき、お奉行さまがご存じだったとあれば、言いわけが利きやせん」

「……お奉行を巻きこまぬよう、拙者の独断にしておくべきだと」

「へい」

確かめるような亨に、神田の次郎が首を縦に振った。

「そうだな。で、どの辺だ」

「明神さまの裏手で」

同意した亨に、神田の次郎が答えた。

そこからは無言で神田の次郎が案内をした。

「明神さまのなかを抜けてもよろしゅうござんすが、穢《けが》れた場所へ行くのに、神さまのお社を通るのもどうかと思いやすので、遠回りになりやすが脇道を」

「うむ」

江戸の者は武家も庶民も信心深い。神田の次郎の提案を亨は認めた。

「……見えてきやした」

大きく神田明神を迂回《うかい》した神田の次郎が、遠目に見える屋敷を指さした。

「どなたさまのお屋敷だ。入れるのか」

武家屋敷に町方は足を踏み入れられなかった。

「空き屋敷でござんす」

亨の疑問に神田の次郎が問題ないと告げた。

「どこから入る」

空き屋敷まであと少しとなったところで、亨は大門が竹で封じられているのに気づいた。

「ご安心を。潜り戸の閂が壊れておりますので、出入り自在」

神田の次郎が潜り戸を指さした。

「勝手に入っても問題ないのか」

「誰も咎めやしませんよ。江戸にどれだけの空き屋敷があると」

管理されていないと神田の次郎が述べた。

「それほど長くいなければ、まず誰にも気づかれやせん」

みょうな保証を神田の次郎がした。

「わかった。手早くしよう」

「では、まずはわたくしが」

神田の次郎が、潜り戸を開け、先に入った。

「どうぞ」

なかから神田の次郎が潜り戸を押さえ、亨を促した。

「すまぬ」

己の配下ではない。礼を言いながら、亨は潜り戸を通過した。

「空き屋敷とはこうなるのか」

初めて入った空き屋敷に亨は興味を持った。

人の出入りを失った家屋敷は、どうしても傷む。あちこちの板戸が割れたり、反り返ったりしていた。

「なかじゃございやせん。こちらの庭でござんす」

神田の次郎が亨を誘った。

「すさまじいな」

手入れされない庭は、膝まで伸びた雑草に覆われていた。

「どこだ」

庭の中央に立った亨は、首をかしげた。

「そちらで」

神田の次郎が庭の片隅を指さした。

「……まことか」

亨が鋭い目で神田の次郎を見た。

「へい。まちがいございません」

はっきりと神田の次郎がうなずいた。

「偽りを申すな」

「なにを言われやす」

指摘した亨に、神田の次郎が不満そうな顔をした。

「まったくだ。底が浅いにもほどがあるな」

二人の遣り取りに、別の声が割りこんだ。

四

「誰だ」

背後から聞こえた知らない男の声に、亨が振り向いた。

「死体がそこにあったなら、雑草は折れてなきゃなるめえが」

庭に大柄な浪人と若い職人風の男が姿を現した。

「……どうでもいいじゃねえか。ようは、この内与力を他人目のないところに呼び出せればすむことだろう」

神田の次郎が言い返した。

「たしかにそうだがの。せめて、そこで一度横になるくらいの手間をかけるべきだろう。最後までだまされたと気づかせずに死なせてやるのが、情けというものだ」

大柄の浪人がため息を吐いた。

「だぞ。そうしておいてくれたら、そこに気を集中するので、背中がお留守になった。そこを襲えば、あっさりと仕事は終わったのによ」

職人風の男が、抜き身の匕首《あいくち》をわざと見せた。

「楽をしようとするねえ」

神田の次郎が手抜きをしようとした職人風の男を怒鳴った。

「いや、定吉《さだきち》はまちがっておらぬぞ。我らは刺客業だ。刺客は正々堂々と戦う者ではない。卑怯《ひきょう》だろうが未練だろうが、どうやってもいいから目標の命を断つのが仕事。おぬしも頼み人ならば、多少の手伝いくらいはしてもらわぬと」

大柄の浪人も文句を付けた。

「やかましいわ。おまえたちには十分な金を渡してある。苦情を言う暇があったら、さっさとやれ」

　神田の次郎が急かした。

「わかっておるわ。いくぞ、定吉」

「仁科《にしな》先生、いつものように」

　浪人と職人風の男がうなずき合った。

「きさまら何者だ」

　亭は神田の次郎を問い詰めるという愚を犯さなかった。そちらに気を割く余裕がなかった。

「問われてもなあ。もとは指物師だったが、博打で大きな借金を作ってよ。それを返すために、人を殺すことにしただけの男よ」

　匕首を右手にだらりと下げて近づきながら、定吉が言った。

「拙者は信州の浪人でな。ちと国元で悪さが過ぎて、捕り方に追われてしまっての。仕方なく住み慣れた土地を離れて江戸へ流れてきただけの者よ」

　仁科と呼ばれた浪人も語った。

「江戸はいいな」

太刀を抜きながら、仁科が続けた。

「なにせ、刺客という仕事で喰えるのだからな。田舎でも刺客の仕事はあるが、何年に一度でな。とても喰っていけぬ。だが、江戸はさすがに天下の城下町だけある。月に数回はお仕事にありつける」

「月に数回もだと……」

仁科の話に亨は絶句した。

「いろいろと生きていられてはまずい相手がいるという証だな」

ゆっくりと仁科が太刀を振りかぶった。

「都合が悪いだけで殺される身はたまるまい」

「そんなこと気にもしていねえよ。これは仕事だからな。漁師が海で魚を獲《と》っているからと非難されるけえ」

定吉がせせら笑った。

「漁師と刺客を一緒にするな」

睨みつけながら、亨も太刀を手にした。

「行くぞ、定吉」

仁科が一歩踏み出した。振りかぶった太刀を見せつけるように腰を落とした。

「…………」

亨は動かなかった。

「……しゃっ」

定吉が地に這《は》うようにして、亨の足下を狙った。

「ふん」

亨は軽く跳んでこれをかわし、太刀を薙《な》いだ。

「ちっ。気づいていやがった」

空ぶったと知った途端、大きく後ろに逃げたお陰で定吉に亨の切っ先は及ばなかった。

「おぬし、真剣での斬り合いというより、命の遣り取りの経験があるな。でなくば、振り落とされようとする太刀から目を離せるはずはない。拙者に殺気がないことを感じ取っていたようだが」

仁科が亨に問うた。

「こいつは、先日襲われて二人を返り討ちにしていると陰蔵に伝えていたぞ」

神田の次郎が今さらなにを言っていると怒った。

「……陰蔵」

新たに出た名前に亨が引っかかった。

「この馬鹿が」

「親分の名前を出すなど……」

定吉と仁科があきれた。

「す、すまねえ」

失敗を神田の次郎が悟った。

「こいつをしっかり始末してしまえば、すむことだがな」

「親分に告げ口されたくなければ、心付けをはずんでもらわねえとなあ」

下卑た笑いを二人が浮かべた。

「定吉、はめ技はなしだ」

「承知」

仁科と定吉の雰囲気が変わった。

「……………」

　無言で亨は太刀を青眼に構えた。

　青眼は守りの型である。身体の正中に太刀を立て、左右どこから攻撃が来ても、少し傾けるだけで対応できる。代わりに、攻撃に移るには、太刀を振りかぶるか、左右の脇へ引きつけるかなどの一挙動が要った。

　多人数を相手にするときには、一撃必殺の構えよりも、相手の出方を見て応じる、後《ご》の先《せん》の技を出しやすい青眼の構えがよいとされていた。

「参る」

　するすると仁科が間合いを詰めてきた。

「……………」

　少し間を空けた定吉も続いた。

「ぬん」

　一足一刀の間合いに踏みこむなり、仁科が太刀を振り落とした。

「なんの」

　大きく左に動いて、亨は太刀を避《よ》けた。

受け止めれば、亨の太刀は止められてしまう。そうなれば、定吉の匕首から身を守ることができなくなるからだ。

「……逃がさぬ」

仁科が追いすがった。

「………………」

一度振り落とした太刀をそのまま下段に変え、すくいあげの一撃を送ってきた。

「ちいいい」

己の手や太刀が邪魔をして、下からの攻撃は見にくい。また、思ったよりも伸びる。やむを得ず、亨は受け止めた。

「待ってたぜ」

亨の太刀が押さえられたのを見た定吉が匕首を腰だめにして突っこんできた。

「……やられてたまるか」

わかっていたが、両手は下から斬りあがろうとする仁科の太刀を止めるだけで手一杯である。思ったよりも膂力《りょりょく》のある仁科に、亨の両手は封じられていた。

「やったか」

離れて見ていた神田の次郎が歓喜の声をあげた。

「ぎゃっ」

苦鳴《いて》をあげたのは、定吉であった。

「痛え。なんだ……」

亨まで一間（約一・八メートル）ほどのところで定吉が右目を押さえて止まった。

「草履だと」

定吉の足下に、草履が落ちていた。

亨が左足を振って草履を定吉へ蹴りつけたのであった。

「なんじゃ」

鍔《つばぜ》迫り合いとは言い難い形で亨と遣り合っていた仁科が事情を飲みこめず、おたついた。

「おおう」

切っ先にこめられていた力が少しだけ減った。それを亨の手はしっかりと感じ取った。上から押さえていた太刀に亨は体重を一層乗せた。

「うおっ」

慌てて仁科が力を戻したが、崩れた均衡はもとに戻らない。

「くうう」

亨の切っ先が仁科の胸をかすった。

「定吉、なにをしている。さっさといつものように決めろ」

傷を負った仁科が、見えない位置にいる定吉へ文句を言った。

「くそっ。右目をやられた」

「誰に。御用聞きが裏切ったのか」

うめく定吉に、状況の見えていない仁科がうろたえた。

「う、裏切ってなどいねえ」

神田の次郎が必死で否定した。

頼み人が刺客を裏切る、あるいは罠にはめるのは、最大の法度である。やった者は、その刺客だけでなく、江戸中の裏稼業の者たちから狙われた。

「そいつだ、そいつが草履を」

大声で神田の次郎が、亨を指さした。

「草履……」

意味がわからないと仁科が目を落とした。

「……愚かな」

命の遣り取りの最中に、相手の目から足下へと見るところを変える。論外の行動であった。

「片足の草履が……」

「ていやあ」

亨の左足が足袋裸足になっているのに気づいた仁科の胸に、亨の太刀が突き刺さった。

「……がはっ」

肺腑《はいふ》を貫かれた仁科が、血を吐いた。

「ふっ」

いつまでも死体に太刀を刺したままにはできなかった。己の武器が制限を受けているのだ。すばやく亨は太刀を手元に引き戻した。

「や、やられた」

神田の次郎が、目を剝いた。

「先生……ちくしょう」

定吉が、亨を睨んだ。

「…………」

亨が定吉の突撃に備えて、太刀を構えなおした。

「てめえ、許さねえ」

定吉の目つきがさらに鋭いものへと変化した。

「……来いっ」

気圧《けお》されそうになった亨が、わざと挑発し、己を鼓舞した。

「おうよっ」

応じた定吉が、ぐっと膝に力を入れた。

「来る」

定吉は真っ正面からの突進を得手としている。その突っこみの速さはかなりのものである。迎え撃つには腰を落とし、攻めてくる頭を太刀で制するのが良手だと亨は判断した。

「覚えていやがれ」

体重を落とし、腰を沈めた亨を見た定吉が、一目散に逃げ出した。

「えっ」

「なんだと」

神田の次郎と亨の両方が唖然とした。

五

あっという間に定吉の姿は空き屋敷の庭から消えた。

「見事な」

腰を落とし待ち構えていた亨は、咄嗟《とっさ》に追撃できなかった。

「馬鹿、なにをしやがる」

神田の次郎が、定吉を罵った。

「…………」

無言で亨は飛び道具代わりに使った左足の草履を履いた。仁科の死を確認し、ゆっくりと神田の次郎へ目をやった。

「……ひっ」

神田の次郎がびくついた。

「言いわけは聞かぬぞ」

理由まではわからなくとも、神田の次郎が金を出して亨の殺害を依頼したことはまちがいない。

「誰に頼まれた」

御用聞きに恨まれる覚えはない亨は、神田の次郎が誰かの指示で動いていると推測していた。

「そ、そうでござんす。た、頼まれただけで、あっしにはなんの罪もございやせん」

亨の勘違いを神田の次郎は利用した。

「誰にだ」

一歩迫りながら、もう一度亨は問うた。

「ひっ……い、板谷の旦那で」

逃げ腰になりながら、神田の次郎が罪を手札をくれている同心へ押しつけた。

「板谷、定町廻り同心のか」

「へ、へい」

何度もうなずいて神田の次郎が肯定した。

「そうか。では、一緒に来い。奉行所で証言してもらおう」

「わ、わかりやした」

すなおに神田の次郎が同意した。

「後ろを向け」

亨は太刀を拭《ぬぐ》って鞘へ納めると、その下緒《さげお》を解《ほど》いた。

「逃げられぬように縄を打つ」

「縄を……そいつはご勘弁を願えませんか。縄張り近くでそんな姿を晒したんじゃや、明日から江戸を歩けやせん」

泣きそうな声を神田の次郎が出した。

御用聞きが縛られるなど、まずありえないことだ。物見高い江戸の庶民が、このような椿事《ちんじ》を見逃すはずなどなく、あっという間に広まる。そうなれば、神田の次郎はもう御用聞きではいられない。どころか、町内の笑いものになる。当然、合力金をくれていた商家から出入り禁止を喰らう。

「ならぬ。そなたは御上役人を殺そうとしたのだ」

いかに甘い亨とはいえ、神田の次郎の願いを認めるわけにはいかなかった。

「嫌だ、嫌だ」

神田の次郎が抵抗した。

「暴れるな」

大坂町奉行所のときから取次という内与力のような役目を果たしていた亨だが、他人を縛った経験はない。相手が大人しくしていれば、まだなんとかできただろうが、嫌がって暴れられては、縄をかけることはできなかった。

「……ひゃあ」

暴れていた神田の次郎が、隙を見て逃げ出そうとした。

「やむを得ぬ」

亨は太刀を鞘ごと抜いて、神田の次郎の頭を打った。

「がっ」

鞘に入った刀は鈍器になる。頭を殴られた神田の次郎が気を失った。

「死んではいないだろうな」

気絶させるのは、一つまちがえば殺すことになる。亨は神田の次郎の鼻先に手を当てて、呼吸を確認した。

「……よし」

生きているとわかった亨は、下緒で神田の次郎を後ろ手に縛りあげた。

「おうっ」

神田の次郎を抱え起こし、背骨の中央に膝を当てて活を入れた。

「…………」

しかし、神田の次郎は起きなかった。

「やりすぎたか」

気絶している神田の次郎を抱えて、江戸の町を歩くのはさすがにまずかった。まちがいなく不審者として見られ、町方へ報せが走る。同じ北町であればまだいいが、南町の者が駆けつけてきては、面倒になる。

「月番なれば、お渡しいただこう」

こう言われては、神田の次郎の身柄を預けないわけにはいかない。

「北町に問い合わせをいたす間、ご同道願おう」

南町奉行所に亨の顔は知られていない。北町奉行所の内与力だと言ったところで信用はまずされないどころか、身分詐称を疑われかねなかった。

「……刀の下緒で縛りあげた男を担いでおる武家風の者が、北町の内与力だと申しております。まことでしょうや」

こんな問い合わせをされては、曲淵甲斐守の面目は丸潰れになる。

「一走りして、町奉行所へ報せに行くか。板谷がまことに敵ならば、それを証明するにも北町奉行所の目が要る」

勝手に板谷を責めたところで、北町奉行所との仲がよくない亨の言いぶんが通るとは思えなかった。

「せめて目立たぬところに」

このまま庭に放置するのもなんだと、亨は神田の次郎を大門に隣接する門番小屋へと放りこんだ。

盗賊がなにかないかと扉を壊したのだろう門番小屋だったが、土間の片隅に転がしておけば、まず外から見ても神田の次郎の姿は見えなかった。

「急がねば」

北町奉行所を目指して、亨は小走りに駆けた。

町奉行所へ駆けこんだ亨は、今さらながら気づいた。

「まだ殿はお城だ」

すでに昼餉のころは過ぎているが、江戸城に八つ（午後二時ごろ）までいなければならない曲淵甲斐守が常盤橋御門内の北町奉行所に戻るには、あと半刻（約一時間）以上あった。

「むう」

亨はどうするかを悩んだ。

「板谷を探すか……筆頭与力にことを話して対応を任せるか……お奉行さまを待って報告するか」

手段は大きく三つある。

定町廻り同心の板谷を探すのは難しくなかった。昼過ぎの定町廻り同心は、管轄の地域を巡回している。板谷がどこを担当しているかを調べれば、あとは自身番に声をかけていけば、見つけられる。

「筆頭与力に話をするのは、まずいか。殿より先に筆頭与力が知るのは」

曲淵甲斐守と筆頭与力の竹林一栄の間に争いがあるのは亨も知っている。板谷の醜聞というか愚行を竹林一栄に教えてしまえば、曲淵甲斐守が知る前に対応されてしまう。

「かといって待ち続けるのも……」

空き屋敷に神田の次郎を置きっ放しにしておくのも、不安であった。

「城見ではないか。どうした。お奉行さまはまだぞ」

山上が内玄関で悩んでいる亨に気づいた。

「さようでございました」

亨は一礼して、山上から離れようとした。

「……なにか隠しているな」

山上が亨を呼び止めた。

「お気になさらず」

同じ曲淵甲斐守の家臣同士で、なにも隠していないと嘘を吐くのはためらわれた。

しかし、これは隠しごとがあると自白したも同じであった。

「………」

山上はそれ以上追及してこなかった。

「では」

亨は内玄関を退散した。

「このままでは埒《らち》があかぬ」

奉行所は亨にとって敵地に近い。山上になにかあるとばれている。曲淵甲斐守を待っている間に、なにか動きがありそうな気がした。

「辻駕籠でも拾って、縛ったあやつを奉行所まで運ぶか」

亨は町奉行所を後にした。

「なにかあるな」

内玄関の陰から山上が亨を見送った。

「報せねばなるまい。城見は若い。お奉行のためにならぬことをしでかしかねぬ。お奉行に累が及ばぬように手を打ってもらうべきだ」

金をもらってしまった山上は、主君と敵対する行為をしなければならない。それを正当化するための理由づけを山上はおこなった。

「筆頭どの」

山上は与力控えの奥へと急いだ。

「いかがなされた、山上どの」

曲淵甲斐守に痛撃を喰らわされた竹林一栄だが、そんな影響はどこにも見せず、山上を迎えた。

「城見が慌てて奉行所へ戻って参りましてな。お奉行さまを探しておりました」

「お奉行さまを……まだ下城の刻限ではござらぬし、それを内与力ならば知っていて当然のはず」

山上の話に竹林一栄が首をかしげた。

「さようでござる。そこで用件を聞いたところ、ごまかすようにして出ていきましてござる」

「それはみょうな……いや、お報せありがとう存じる」

竹林一栄が報告してくれたことに感謝した。

「お役に立てれば結構でござる。なにぶんにも城見は若いゆえ、愚かなまねをしてお奉行さまにご迷惑をおかけしかねませぬ。つい先日謹慎を命じられたばかりだというに……」

山上が密告を正当化した。

「気を付けておきましょう」

まだ話したそうな山上を竹林一栄が制した。

「ちと出かけて参りますゆえ」

山上を残して与力控えを出た竹林一栄が年番方を訪れた。

「しばし、よいかの」

顔色を変えて書付と格闘している左中居作吾に竹林一栄が声をかけた。

「手短にお願いしたい」

書付から顔をあげずに左中居作吾が求めた。

「さきほど……」

竹林一栄が山上の話を繰り返した。

「……城見が」

左中居作吾が手を止めた。

「十日の猶予が与えられたのだ。城見が奉行を探したのは、年番方にかかわることではないはず」

「となると……」

「あの侍の一件しかございませぬな」

問うた竹林一栄に左中居作吾が告げた。

「あれは定町廻りの板谷がかかわっていたな」

「板谷の手下が縄をかけたはず」

二人が顔を見合わせた。

「誰ぞ、板谷をここへ呼べ」

竹林一栄が、指示をした。

# 第五章　稼業の掟

## 一

逃げ帰った定吉が、陰蔵の前に両手をついていた。

「仁科さんがやられたのだね」

穏やかな声で陰蔵が確認した。

「へい」

「それほど強いか、あの内与力は」

首肯した定吉に、陰蔵が問うた。

「強くはねえと思いやす。ただ、咄嗟の対応がうまい」

定吉が亨から受けた印象を告げた。

「咄嗟の対応ができる相手かい。面倒だねえ」

陰蔵が眉をひそめた。

「そういえば、右目が赤いね」

「草履を当てられました」

経緯を定吉が語った。

「そうかい。しかたないね。問題はおまえたちよりも神田の御用聞きにあるねえ。ちいと手伝ってくれれば、ことは終わっただろうに」

的確に陰蔵が見抜いた。

「今ごろ御用聞きは内与力に捕まっただろうね」

「おそらくは」

定吉も同意した。

「御用聞きなんぞになるやつは根性なしと相場が決まっている。悪に染まりきれず、善を貫けぬ連中だから」

「…………」

陰蔵の感想を定吉は黙って聞いていた。

「こっちの話も全部しゃべるだろう」

「始末しやすか」

「いや、いい」

腰をあげかけた定吉を陰蔵が押さえた。

「一人付けてあるからね。なんとかするだろう。それよりも、おまえはさっさと宿へ帰り、傷を治しなさい。圭庵《けいあん》先生にはこちらから話を通しておくから」

「へい」

医者へ行って、養生しろと言われた定吉が頭を下げた。

「では、これで」

定吉が陰蔵の前から下がろうとした。

「ああ、次はないよ」

「…………」

氷のような声で宣された定吉が固まった。

神田明神裏の空き屋敷へと向かった亨は、あと少しというところでよそ見をしながら歩いてくる女に肩をぶつけられた。

「あっ、すいません」

頭を櫛巻《くしま》きにした女が慌てて謝った。

「気を付けよ。人と当たるくらいならばいいが、そのあたりの溝に落ちたら怪我をするぞ」

美しい女に男は弱い。亨は武士に無礼など怒鳴らず、やさしく諭した。

「ありがとう存じまする」

女が礼を述べて去っていった。

「ふむ。女とはよき香りがするものだな」

しばらくその後ろ姿に亨は見とれてしまった。

「いかぬ。まずは空き屋敷へ行かねば。駕籠屋が来てしまう」

亨は吾を取り戻した。

辻駕籠というのは、まず期待できなかった。金のかかる駕籠を使わず、庶民は歩く。そんな江戸で、いつ客があるかもわからない状態でうろつく駕籠はまずなかった。どこかへ客を運んだ後、駕籠屋へ戻る途中の空き駕籠がせいぜいであった。

亨は途中にあった駕籠屋へ一輿《ひとこし》用意するようにと頼んできた。

「出払っている駕籠が戻り次第行かせまする」

運の悪いことに駕籠は出払っていた。

「神田明神裏の空き屋敷前で待っておる」

亨は手配をすませ、先に空き屋敷へと向かっていた。

「さすがに目覚めているだろう」

気絶というのは、そう長く続くものではなかった。

空き屋敷へ着いた亨は、慌てず慎重に潜り戸に手をかけた。陰蔵の一味が戻ってきて潜んでいるかも知れないと警戒したからであった。

「…………」

不意打ちに備えて、脇差を鞘ごと抜き、頭上に横たえるように構えて潜り戸を亨は開けた。

「……気配はない」

ゆっくりと潜って亨はあたりを確認した。

「神田の次郎もそのままだな」

置いてきたところに神田の次郎は横たわったままであった。

「よし」

脇差を腰に差して、亨は神田の次郎に近づいた。

「起きているか」

声をかけたが神田の次郎は反応しなかった。

「まだ気を失っているのか」

亨は神田の次郎の身体に手をかけて、揺さぶってみた。

「なんだ、臭い」

揺さぶった途端、臭気が亨の鼻に届いた。

「漏らしたな」

縛られていては、たとえ意識があっても排便はできない。

「やれやれ、駕籠屋が嫌がるな」

亨はため息を吐いた。

安い町駕籠とはいえ、底に敷きものくらいはある。その敷きものが汚れるだけならまだしも、薦《こも》で作った垂れなどにも臭いは付く。両方を洗うとなれば、面倒なうえ金もかかる。さらに駕籠が使えない間の損金も出さなければならない。

「金はお奉行にお願いすればどうにかなるだろうが……」

内与力として禄を与えられてはいるが、まだ任に就いたばかりで最初の給付も受けていない。自腹になればかなり痛かった。

「駕籠屋が来る、そろそろ門前へ運んで……」

起こして歩かそうとした亨は、ようやく違和に気づいた。

「息をしていない……死んでいる」

亨は神田の次郎の首の血脈を計った。

「生きていたはずだ」

神田の次郎を気絶はさせたが、殺してはいない。事実、ここまで運ぶ最中は息をしていた。

「どうして……」

急いで下緒を解き、亨は神田の次郎の身体をあらためた。

「傷は見当たらぬ」

さすがに裸にするわけにはいかない。衣服の上から確かめただけだが、傷があれば血も流れる。その痕跡がまったくなかった。

「まさか……」

仁科の死体が消えているかも知れないと亨は庭へ回った。

「……あった」

亨は安堵した。

仁科の死体まで消えていては、説明に窮する。

「おまえが都合の悪いことを知った神田の次郎を殺したのだろう」

こう言って曲淵甲斐守にやりこめられた町方役人が、勇んで亨の責任を追及してくる。いや、亨を下手人に仕立てあげてくるだろう。

「困った……」

当初、神田の次郎を運ぶだけでいいと考えていた亨は死体二つを抱えることになって、困惑した。

「駕籠屋でござい。どちらで」

悩んでいるまもなく、駕籠屋が空き屋敷の前に着いた。

「……ここだ」

重い気分のまま、亨は門前へ出た。

「旦那、乗せるお客はどこに」

駕籠屋があたりを見回した。

「それがな……」

死んでいると言わないわけにはいかなかった。

「冗談じゃねえ。死体なんぞ乗せられるけえ」

聞いた駕籠かきが激しく拒絶した。

「死人を乗せたとあっちゃ、今後、誰もおいらたちの駕籠に乗ってくれなくならあ」

江戸の庶民は信心深い。

「町奉行所の御用であるぞ」

やむなく亨は権威を振りかざした。

「へん。十手が怖くて江戸で駕籠屋ができるかって」

駕籠かきの先棒が鼻先でせせら笑った。

「なんの罪もねえ、おいらたちを捕まえるわけにはいきますめえが」

後棒が正論を口にした。

「…………」

　亨は言い返せなかった。

「とんだ無駄足だったぜ。帰《けえ》ろう、後棒」

「ただ働きだったたな。まあ、厄落としだと考えようぜ、先棒」

　駕籠かきが下ろしていた駕籠を担いだ。

「ま、待ってくれ」

　亨は焦った。

「まだなにかござんすので」

　大人しい後棒が嫌な顔をしながらも訊いた。

「これを……」

　大坂での経験は亨に世間を教えている。亨は懐から一分金を取り出した。

　一分金は四枚で小判一枚になる。銭になおしておおむね一千五百文ほどである。

　庶民一日の日当が二百五十文から四百文くらいであることを思えば大金であった。

「おい、先棒、心付けをいただいたぞ」

　一分金に後棒が興奮した。

「……こいつは……ありがとうござんす」

振り向いた先棒も喜んだ。

「頼みがある。北町奉行所……」

言いかけて亨は止めた。

北町奉行所へ駕籠かきをやって事情を説明して、人をよこしてもらおうと考えたのだが、亨にとって敵地に近い。曲淵甲斐守に直接会えればよいが、駕籠かきと町奉行の直接面談などあり得なかった。

「日本橋の播磨屋を知っているか」

「下り酒の問屋さんでござんしょう。あっしらには縁のないところでござんすがね」

問うた亨に、後棒が応じた。

灘《なだ》から江戸へ運ばれてくる酒は下り酒と呼ばれ、珍重されていた。値段も下総や相模《さがみ》あたりで醸されるものに比べれば、はるかに高かった。

「そこへ使いに行き、城見がここで待っていると播磨屋へ伝えてくれ」

亨は世慣れた播磨屋伊右衛門を頼ることにした。

「よござんす」

「おう。走るぜ、後棒」

うなずいた駕籠かきが軽快に走っていった。

二

咲江は不満たらたらであった。

「しばらく禁足していなさい」

亭に直接会わなかったとはいえ、曲淵甲斐守の屋敷近くまで行った一件がばれたのだ。

「伊兵衛の裏切りもん」

あの日、播磨屋まで咲江を送った伊兵衛が、出迎えた播磨屋伊右衛門に告げ口をした。

「他人のせいにするのではない」

播磨屋伊右衛門に咲江は怒られた。

「伊兵衛さんは、咲江のことを心配してくれた。伊兵衛さんだと逆らえないだろう。実家のこともあるのだよ」

目付役とはいえ、主家に繋がる娘の命令に奉公人は異を唱えにくい。

「……ううう」

咲江が唸った。

「城見さまに会うなとは言わない。そのつもりならば、さっさとうちの船に乗せて、上方へ送り返している」

「大叔父はん……」

播磨屋伊右衛門の言葉に、咲江が目を輝かせた。

「一度お話をしたが、まっすぐなお方で、今どきのお武家さまには珍しい。わたしも気に入っている」

「ええ人やもん」

吾がことのように咲江が喜んだ。

「だからこそ、おまえが足を引っ張るようなまねをしてはいけない。妻は表で夫を助けるのではない。陰でそっと男を支える。内助の功こそ、武家の妻の役目だ。これは商家とは違う。商家は、妻も手助けをしてくれぬとなりゆかぬもの」

「はい……」

咲江が大人しく、播磨屋伊右衛門の意見を聞いた。

「いつまで、続くのやら」

しおらしい咲江の態度に、播磨屋伊右衛門がため息を吐いた。

「旦那さま」

そこに店を預けている番頭が顔を出した。

「番頭さんか。どうした」

店を切り盛りする番頭には、主といえども気を遣う。播磨屋伊右衛門が顔だけでなく、身体ごと番頭へ向き直った。

「今、駕籠屋が参りまして、旦那さまへの伝言を預かったと」

「駕籠屋が……誰からのだい」

播磨屋伊右衛門くらいの商家になると、伝言を誰かに預けるような相手とのつきあいはまずなくなる。どこの取引先も、自前の店の奉公人を使者としてよこす。

「それが城見さまからと」

番頭も亨のことは知っている。

「えっ。城見はんから」

播磨屋伊右衛門よりも咲江が早く反応した。

「おまえにではない」

厳しい声で播磨屋伊右衛門が咲江を叱った。

「番頭はん、城見はんの伝言、あたし宛やないの」

あきらめきれないのか、咲江が確認した。

「旦那さまにでございます」

あっさりと番頭が首を左右に振った。

「静かにしていなさい。で、なんと」

咲江に釘を刺してから播磨屋伊右衛門が番頭を促した。

「神田明神裏の空き屋敷前までご足労願いたいとのことだそうで」

「……みょうな用件だね」

番頭から伝えられた播磨屋伊右衛門が首をかしげた。

「旦那さま」

ちらと咲江を見てから、番頭が播磨屋伊右衛門へ顔を向けた。

「ああ、いいよ。ここで話を聞かさなかったら、また勝手なまねをするからね」

播磨屋伊右衛門が苦笑した。

「伝言に来た駕籠屋に駄賃を渡しながら、状況を訊いてみましたところ……なにやら死人がいるとか」

番頭が顔を強ばらせながら告げた。

「死人とは穏やかでないね。城見さまは町奉行所のお方だろう。そのお方が、町奉行所でなく、わたしに助けを求める……」

播磨屋伊右衛門が困惑した。

「町奉行所は城見はんの敵やもん」

思案している播磨屋伊右衛門に咲江が述べた。

「どういうことだい」

播磨屋伊右衛門が問うた。

「甲斐守さまのせいや。あのお方は、城見はんを便利遣いしはるから。大坂でもそうや、城見はんを取次という内与力のような役目に就けておきながら、大坂西町奉行所との仲を取り持たせようとはしはらんかった」

咲江が苦い顔をした。

「わかるように説明しなさい」

内部だけに通じる話では、意味がわからないと播磨屋伊右衛門が咲江を諭した。

「お父はんもそうやから、言いにくいんやけど……大坂町奉行所って、閉ざされてますねん」

「それはわかる。江戸も同じだからな」

町方はどこでも周囲との壁を持っていた。おのれで作ったものもあれば、周りから作られたものもある。

町奉行所とのつきあいも深い豪商だけに、そのあたりのことを播磨屋伊右衛門はよく理解していた。

「さすがは大叔父はんや。ただ、大坂と江戸は違うねん。江戸町奉行は上がり役に近いやんか」

「ああ。町奉行を務めて、さらに上へ登っていかれるお方もおられるが、ほとんど町奉行で終わられるな」

江戸町奉行は激務だけに、役目を果たすだけで燃え尽きて隠居になる者が多い。なかには在任中に死ぬ者もいた。

「大坂は違いますねん。大坂を上がりにしはる方もいてはりますけど、ほとんどは勘定奉行や、京都町奉行、江戸町奉行なんぞへ移らはる」

「らしいね」

江戸の商人に、大坂のことはわかりにくい。播磨屋伊右衛門も詳しくは知らなかった。

「ようは、江戸町奉行所は、うるさい町奉行を追い払うに足を引っ張って罷免させようとする」

「そうだねえ」

「で、大坂は面倒な奉行を去らすのに、出世させて追いやるねん」

「ほう」

咲江の言葉に播磨屋伊右衛門が驚いた。

「足引っ張って首にさせたりしたら、後々まずいやん。根に持たれるし。そのお方はようても、次の代や一門はんが、大坂へ赴任してけえへんとはかぎらへんやん。

その点、出世の足がかりになったげたら、ええ感じで出ていってくれはるやん」

「なるほどね。さすがは損得勘定のうまい大坂のお役人だ」

　播磨屋伊右衛門が感心した。

「甲斐守さまは、城見さまを使って町方役人から嫌われるようになされたと」

「そうやねん。大坂は嫌われれば、嫌われるほどさっさと出ていって欲しいとなる。それを甲斐守さまは知ってはった。そのために城見はんを使った。同じことを甲斐守さまは、またしようとしてはるんと違うやろか」

　咲江が哀《かな》しそうな顔をした。

「それで城見さまは町方のお役人を信用できない……か」

　播磨屋伊右衛門が額にしわをよせた。

「大叔父はん……」

　商家として町方役人との仲を崩すのは避けたい。咲江はすがるような目をした。

「番頭さん、出かけますよ」

　泣きそうな咲江を見て、播磨屋伊右衛門が腰をあげた。

「安心するのはまだ早いよ。一応行ってみるだけで、状況次第では見捨てさせてもらう。いかに咲江が慕うお方でも、播磨屋の暖簾には代えられないからね」

「わかってる。おおきに、大叔父はん」

咲江にも商人の血が流れている。暖簾の重さはよくわかっていた。

「甲斐守さまに貸しができるかも知れないしな」

しっかり播磨屋伊右衛門は算盤をはじいていた。

町奉行まで登った旗本に貸しを作る。それは江戸においてかなりの価値があった。

「大叔父はん、あたしも」

「止めておきなさい。死体があるという。そんなところに女子供は行くものではない」

同行を求める咲江を、播磨屋伊右衛門が諫《いさ》めた。

「死体くらいどうということないわ。これでも町方同心の娘や。何度も見てきてる。きっと役立つから」

咲江が求めた。

「…………」

播磨屋伊右衛門がじっと咲江の目を見つめた。

「…………」

目を逸らすことなく、咲江も見返した。

「約束しなさい。わたしの言うことを絶対に聞くと。わたしが帰れと言ったら、どのような状況でも黙って店に戻りなさい。もし、嫌がったら、明日の船で大坂へ送り返すよ」

厳しい声で播磨屋伊右衛門が厳命した。

「はい」

真剣な顔つきで咲江がうなずいた。

「番頭さん、二人ほどお店から出してもらえるかい」

奉公人は番頭の管轄になる。店の予定もある。主人だからといって好き勝手はできなかった。

「でしたら、利平《りへい》と太郎次《たろうじ》をお連れください」

すぐに番頭が心利いたる者を選した。

亭はじりじりしながら播磨屋伊右衛門を待っていた。

「来てもらえぬのではないか」

駕籠屋を行かせてからずっと亨はそのことで苦吟していた。

「江戸の商人を巻きこんでしまってよかったのか……」

町方役人は商人に対して絶大な権を有する。

「ちょっと来てもらおうか」

適当な疑いを作りあげて、大番屋まで町人を連れていくだけの力を町方役人は持っている。当たり前だが、なにも後ろ暗いところがなければすぐに解放される。一度ですめば、さほどの影響は出ないが、繰り返されれば商家の信用は落ちる。怪しい店と世間に思われて客足が減る。

もっともその辺の長屋住まいならまだしも、播磨屋ほどの大店になると早々できるまねではない。播磨屋は商家取引だけでなく、大名家の出入りをしている。どころか、将軍家御用を承っているのだ。

「最近、こういうことで呼び出しを何度も受けまして、商いに障りますので、困っております る」

出入り先の大名家でそう漏らせば、町方役人の首なんぞ、あっさりと飛ぶ。だが、嫌がらせにはなった。名店の主ほど、町方役人の取り調べに弱い。敷きものもない板の間に長時間座らされ、厠にも行かせてもらえない。このような経験は一度で十分なのだ。

「悪いことをした」

亭が後悔し始めたころ、播磨屋伊右衛門一行の姿が見えた。

「遅くなりました」

播磨屋伊右衛門が詫びた。

「来てくれましたか」

ほっとした亭は、播磨屋伊右衛門の背中に咲江がいるのに気づいた。

「なぜ、西《にし》どのが」

「町方の娘ゆえに、お役に立てることもあろうかと、わたくしが同道を許しました。お邪魔とあれば、帰らせまする」

播磨屋伊右衛門が咲江に代わって答えた。

「よろしいのか。なかで二人死んでおるのだが」

亭が尋ねた。

「城見さまが手をくだされたので」

質問に質問で播磨屋伊右衛門が返した。

「一人は拙者が斬った。刺客だった」

「……っ」

咲江が息を呑んだ。

「返り討ちでございますな」

やむなく斬ったという亨に、播磨屋伊右衛門がうなずいた。

「もう一人は……」

「神田の次郎という御用聞きでござる」

「御用聞きがなぜ」

播磨屋伊右衛門が首をかしげた。

「この者が刺客を雇い、拙者をここへおびき寄せたのでござる」

亨が事情を語った。

「なんということを……。そこまで町方も堕ちておりましたか」

聞いた播磨屋伊右衛門が天を仰いだ。

「昨今の御用聞きは金に汚いと、よく同業の集まりなどで話をしておりましたが……」

情けないと播磨屋伊右衛門が首を横に振った。

「甲斐守さまにご報告なさるため、神田の次郎を縛り、ここに残して町奉行所へ行かれている間に、神田の次郎が死んでいたと」

「みっともない話でござる」

事情を理解した播磨屋伊右衛門に亨が頭を垂れた。

「見せていただいても」

「気持ちのよいものではござらぬぞ」

神田の次郎の死体を見たいと言った播磨屋伊右衛門に亨が言った。

「死体なんぞ、生きている者よりましでございますよ。人は死ねば悪さをしませんので」

大店の主人らしく、播磨屋伊右衛門の胆は据わっていた。

「お入りくだされ」

亨が先頭に立って、空き屋敷へと一同を案内した。

「あれでございますな」

潜り戸を入った播磨屋伊右衛門が、すぐに神田の次郎の死体へ近づいた。

「……傷らしいものはございませんね」

播磨屋伊右衛門も確認した。

「あたしも」

躊躇なく咲江が死体に顔を寄せた。

「西どの」

女に見せるものではないと、亨が止めようとした。

「髪の毛が……」

すばやく咲江が神田の次郎の首に手を伸ばした。

「なんだい」

播磨屋伊右衛門が、咲江のつまんだものを見ようと目をすがめた。

「この長さは、女の髪や」

咲江が髪の毛を摑んで垂らした。

「なぜ、女の髪が神田の次郎の首に」

亨は怪訝な顔をした。

「髪の毛というのは、強いもの。束ねれば縄よりも丈夫です」

咲江が説明した。

「聞いたことがある。切れては困る縄には女の髪を編みこむと」

播磨屋伊右衛門が口にした。

「では……」

「女の髪を使って、首を絞めたんと違いますか。昔大坂の新町《しんまち》で、遊女がそうやって寝ている客を殺したという話を父から聞いたことがおました」

咲江が告げた。

「遊女が客を……」

「無理心中というやつです。大坂は浄瑠璃の本場、お初天神などの心中ものの発祥の地ですよって、心中はときどきありますねん」

いつもの口調に戻った咲江が述べた。

「女が人殺しをするとは」

「同じ人ですえ。女も男も」

呆然とした亨に咲江があきれた。

「そのあたりは後ほど。問題はこの仏さまをどうするかでしょう」

脇道に逸れかけた亨と咲江を播磨屋伊右衛門が止めた。

「ここをお願いできまいか。拙者、今からお奉行さまのもとへ向かいまする」

直接報告したいと亨が願った。

「それはよくありませんね」

播磨屋伊右衛門が首を左右に振った。

「なぜでござる」

否定されると思っていなかった亨が驚いた。

「城見さまがおられない間に、町方のお役人さまがお出でになれば、わたくしどもではどうしようもございません」

播磨屋伊右衛門が言った。

「町方が来ると」

亨が怪訝な顔をした。

「失敗した御用聞きが、逃がされるのではなく、城見さまのおられない間に殺された。これは、誰かがこのお屋敷を見張っていたとしか考えられませぬ」

「むうう」

播磨屋伊右衛門の意見を亨は認めるしかなかった。

「御用聞きを逃がさなかったのは、生きていたらいつか捕まるかも知れないからでしょう」

「江戸から出れば、町奉行所では追いきれぬが。仲間ならば生かしてくれるのではなかろうか」

亨が疑問を呈した。

「江戸で御用聞きをしていた男が、都落ちなんぞできません。縄張りのなかでなければ、生きていけないのが御用聞きという連中でございまする。後ろ盾の町方役人さまを利用して、壁蝨《だに》のように町内から吸い取るしか能のない連中」

苦々しく播磨屋伊右衛門が吐き捨てた。

「もちろん、まともな御用聞きもいますよ。親の代から縄張りを受け継いだお方なんぞは、町内のために尽くしてくださるのがほとんど。ですが、刺客と繋がりを持つ輩など、とんでもない者でございまする。そんなやつに手札を預けるような……」

さすがに最後まで播磨屋伊右衛門は口にしなかった。

「ろくでもない町方同心が来て、ここを預かると言われれば、逆らえぬと」

「はい」

亭の確認に、播磨屋伊右衛門がうなずいた。

「咲江に聞きましたところだと、内与力さまは筆頭与力さまと同じだとか」

「といわれておりまする」

「なれば、城見さまさえおられれば、町方のお役人衆は手出しができませぬ」

「では、播磨屋のお方が、お奉行さまのもとへ」

連れてきた奉公人を走らせてくれるのかと亭が訊いた。

「それも無理でございましょう。奉公人がお奉行さまにお目にかかれるとは思えませぬ。わたくしもでございまする。一度でもご面識をいただいておりましたら、まだどうにかできましょうが、取次のお方に止められましょう。取次のお方は大丈夫でございますか。城見さまのお名前をお出しすれば、なにも訊かずにお通しくださいましょうや」

播磨屋伊右衛門が問うた。

「……無理でござる」

山上が内玄関にいたことを亨は思い出した。

「手がない……」

亨が愕然とした。

「あたしが行きます」

咲江が名乗り出た。

「西どのが」

「おまえがかい」

亨と播磨屋伊右衛門が咲江を見つめた。

「わたしならば、お奉行さまにお目通りを願ってもおかしくございません」

咲江が説得のためか、ていねいな言い方をした。

「大坂町奉行だったときの配下の娘が江戸へ出てきたので、ご挨拶にと言えば、怪しまれることもありませぬ」

「たしかに」

「ふうむ」

亨と播磨屋伊右衛門が顔を見合わせた。

「お願いできまするか」

「喜んで」

真剣な表情で亨に頼まれた咲江が頬を赤らめた。

「……はあ」

ため息を吐いた播磨屋伊右衛門が利平に命じた。

「供をしておくれ。決して無茶をさせてはいけないよ」

「へい」

「行くよ」

首肯した利平を、咲江が促した。

三

咲江は裾の乱れも気にせず、北町奉行所へと急いだ。

「お嬢さま。少し」

大股《おおまた》で付いてきていた利平が、はしたないと注意した。

「あたしが遅れただけで、城見はんと大叔父はんになんかあったらどうするん」

「ですが、臑《すね》まで見せるなど、お武家の娘さまとして」

「見たかったら見たらええねん。命には代えられへん」

利平を咲江は黙らせた。

「御門を通らせていただきまする」

奉行所の大門を守る小者に一礼して、咲江が通過を求めた。

「訴訟ごとか」

非番の町奉行所でも管轄の訴訟は受けていた。北町奉行所は、酒、材木、書物を専任として扱う。

「日本橋の播磨屋でございまする」

利平が店の名前を出した。

「播磨屋どのか。今、開けよう」

普段は番頭にさせているが、管轄の北町奉行所へ播磨屋伊右衛門が直接訪れることもある。

顔見知りの門番小者が潜り戸を押し開けてくれた。

「おおきに」

「お世話様でございまする」

二人が奉行所のなかへ入った。

「内玄関は……あれや」

執務内容が同じだけに奉行所の構造はどこともよく似ている。すぐに咲江は内玄関を見つけた。

「大丈夫でしょうか」

大店の奉公人とはいえ、町奉行所のなかへ足を踏み入れることなどまずない。利平が緊張していた。

「堂々とし。奉行所いうたかて、鬼は出えへん」

咲江が利平をたしなめた。

「ですけど……」

「胸張っておかな、相手に呑まれるで」

内玄関の前で、咲江が大きく息を吸った。

「行くえ」

「へい」

決意を表した咲江に利平がうなずいた。

「ごめんくださいませ」

咲江が内玄関で訪《おとな》いを入れた。

「誰か」

すぐに内与力の山上が応対した。

「わたくし大阪西町奉行所諸色方同心西二之介《にのすけ》の娘咲江と申しまする。このたび江戸へ参りましたので、かつて大坂西町奉行をお務めであらせられた曲淵甲斐守さまへご挨拶をと思い、参上つかまつりました。甲斐守さまへのお目通りをお願いいたしまする」

口上を述べた咲江が、深々と腰を折った。

「大坂西町奉行所の」

山上が目を大きくした。

かつての家臣や配下が、当時の主君や上司のもとへ顔を出すのは珍しいことではなかった。武家の礼儀の一つでもあり、これをおこなう者は律儀だとして歓迎された。

「しばし、待たれよ。訊いて参る」

訪れられたほうも、よほど多用でもないかぎり、目通りを許すのが普通であった。

山上が奥へと引っこんだ。

「お奉行さま」

執務室への出入りを遠慮させられている山上が、廊下から呼びかけた。

「大坂西町奉行所諸色方の……」

「西の娘が参っておるだと」

言われた曲淵甲斐守が怪訝な顔をした。

商いの都とされる大坂で物価を統制する諸色方同心はかなりの力を持っている。とはいえ、同心でしかない。町奉行と直接会話をしたことがないわけではないが、それほど交流は重ねていない。

「江戸へ出てきたので、ご挨拶をと」

「ふむう」

曲淵甲斐守が顎《あご》に手を当てた。

「それよりも山上、城見はまだ戻らぬか」

「いまだ」

問うた曲淵甲斐守に山上が首を横に振った。

「さようか。帰り次第、余のもとへ来させせよ」

「はい。で、西の娘はいかがなさいましょう」

首肯した山上が対応を尋ねた。

「来た者を追い返すのも情がない。多忙ゆえ、少しの間だがと念を押しておけ」

「では、ここへ通しても」

「よい」

曲淵甲斐守が許可した。

戻ってきた山上から、許しが出たと聞いた咲江は、利平を控えさせて、町奉行役宅へとあがった。

「大坂西町奉行所諸色方同心西二之介の娘、咲江でございまする。甲斐守さまにはご機嫌うるわしく、恐悦至極に存じまする」

執務室襖際で咲江が平伏した。

「大坂西町奉行のとき、西はよく尽くしてくれた。健勝にいたしておるかの」

曲淵甲斐守が挨拶を返した。

「おかげさまをもちまして、大坂で役目に励んでおりまする」

咲江が父の様子を問うてくれた曲淵甲斐守に黙礼した。

「聞けば、そなたは江戸へ出てきたという。江戸見物ではないのか」

あまり女が在所を離れることはない。あるとすれば婚姻にかかわるときだけといえた。

「はい。江戸へ住まいを移しましてございまする」

質問に咲江がほほえみながら答えた。

「輿入れかの」

「そのつもりで参りました」

「つもり……」

みょうな返答に曲淵甲斐守が怪訝な顔をした。

「城見亭さまのもとへ嫁ぎたく」

「……亨のもとへだと。聞いてはおらぬな」

家臣の婚姻はかならず主君の許可が要った。

「わたくしの望みだけでございますゆえ」

堂々と片想いだと咲江が宣した。

「後を追ってきたのか」

女として破天荒な行動に、曲淵甲斐守があきれた。

「甲斐守さま……」

背後に控えている山上を気にした風で、咲江が声を潜めた。幸い、山上は内玄関のほうに注意が行き、咲江のことは気にしていなかった。

「………」

その様子に曲淵甲斐守が目つきを変えた。

「せっかく参ったのだ。揮毫《きごう》をくれてやろう」

曲淵甲斐守が腰に差していた白扇を抜き、そこへ筆で文字を記した。

「ほれ、受け取るがよい」

曲淵甲斐守が手を伸ばした。

当たり前だが、襖際から曲淵甲斐守のいる上座は遠い。手を伸ばしたていどで届くはずはなかった。

「頂戴いたしまする」

膝で咲江が曲淵甲斐守の側へ近づいた。

「……城見さまが神田明神裏の空き屋敷でお奉行さまをお待ちいたしておりまする」

寄った咲江があたりをはばかりながら告げた。

「なにがあった」

曲淵甲斐守も小声で応じた。

「御用聞きに呼び出されたところで刺客に襲われたそうでございまする。その御用聞きは捕らえてあったのでございますが、いつのまにか殺されていたと」

咲江が報告した。

「むっ」

大声を出すわけにはいかなかった。曲淵甲斐守が険しい顔をした。

「すぐにわかるか」

空き屋敷の場所を曲淵甲斐守が問うた。

「わたくしが門前でお待ちいたしまする」

咲江が目印になると言った。

「わかった」

曲淵甲斐守が首肯した。

「お許しいただけましょうか」

長く声を低くしていると疑われる。咲江が普通の声を出した。

「亨との婚姻を許せと」

「お願いをいたしまする」

咲江が手をついた。

「亨は陪臣だぞ」

「わたくしの半分は商人の血を引いておりまする」

似合いだと咲江が述べた。

「ふむ。そうよな。そなたが亨を口説き落とせたら、認めてくれよう」

「かならず」

咲江が約束した。

「上方の女は、そなたのようなものばかりか」

活発にもほどがあると曲淵甲斐守が目を剝いた。

「甲斐守さまの前で申しあげるのは、無礼かと存じますが……」

「許す。申せ」

口ごもった咲江を曲淵甲斐守が促した。

「ええ男はんちゅうのは、そうそういてませんので。こっちから動かんと他の女に取られます」

いつもの口調で咲江が語った。

「あはははは。亨がよい男か。そなた見る目を持っておるの」

曲淵甲斐守が笑った。

「では、わたくしはこれで」

武家娘の言葉遣いに戻った咲江が辞去を申し出た。

「ご苦労であった。いずれ、報いよう」

曲淵甲斐守が咲江にうなずいた。

# 四

咲江を見送りに行った山上が戻ってきた。

「帰ったか」

「はい。奉行所の潜り戸を出るまで見ておりました」

訊かれた山上が答えた。

「ご苦労であった」

曲淵甲斐守が立ちあがった。

「お奉行さま、どちらへ」

書付が残っている段階で、町奉行が執務室を出るのは異例であった。

「馬引け」

「えっ」

騎乗で出かけるという曲淵甲斐守に山上が呆《ぼ》然とした。

「情けない。そなた内与力になってから呆けたのではないか」

曲淵甲斐守が冷たい目で山上を見下ろした。

「う、馬をでございますか」

「聞こえなかったか。それでは御用に欠けよう。隠居を」

「た、ただちに」

脅された山上が走り出した。

「家臣ども、付いて参れ」

町奉行役宅の門に曲淵甲斐守は、屋敷からこちらへ来ている家臣を集合させた。

「戸板を二枚、用意せい」

中間《ちゅうげん》、小者に曲淵甲斐守が指示して、馬の腹を蹴った。

与力控えに曲淵甲斐守の外出はすぐに報された。

「奉行が馬で、出ただと」

定町廻り同心板谷、年番方与力左中居作吾と話をしていた竹林一栄が驚愕した。飼っている内与力がいなくとも、馬を出すようなまねをすれば、奉行所の小者が気づく。

「屋敷に用があって戻るならば、駕籠だ」

騎乗身分とはいえ、外出に馬を使う者は少なかった。人通りの多い江戸で、馬を駆けさせるのは危険だからである。

「旗本が騎乗で出るのは……」

「危急のおり」

竹林一栄の質問に近い発言に、左中居作吾が応じた。

「あの内与力は朝から御用聞きに連れられて出て、一度昼前に戻ってきたが、またいなくなったのでござったな」

左中居作吾が竹林一栄に尋ねた。

「ああ」

うなずきながら、竹林一栄が板谷を見た。

「神田の次郎が呼び出しをかけると申しておりました」

「刺客をぶつけるためだな」

言った板谷へ、竹林一栄が確認した。

「失敗したな、おまえの配下は」

「…………」

指摘された板谷が黙った。

「あの若い内与力だけが、我らの手にない。ゆえに、その排除に動くのはまちがいではない」

さすがに刺客を送ったことを許容はできない。竹林一栄が排除と言い換えた。

「失敗した手下が捕まったのではなかろうな」

左中居作吾が咎《とが》めるように尖った声で板谷を責めた。

「逃げ足の速い野郎ではございますが……」

あれから神田の次郎の姿を見ていない。板谷の語調が弱まった。

「あの内与力に捕まっていたら、大事だぞ」

「それは……」

竹林一栄からも厳しく言われて、板谷が絶句した。

「誰か、お奉行の後を追い、なにがどうなっているかを調べて参れ」

大声で竹林一栄が叫んだ。

「……待っているしかできませぬな」

「ああ。迂闊《うかつ》な動きは隙を作る。事情が表に出ないうちから動いては怪しまれるぞ」

左中居作吾と竹林一栄が顔を見合わせた。

「だが、そなたはまずい」

神田の次郎が捕まっていれば、確実に板谷に曲淵甲斐守の手は伸びる。

「どういたせば。まさか、同心の籍を捨てて江戸を出ろと」

板谷が顔色を変えた。

町方同心が禄に倍する贅沢ができるのは、その身分のお陰であり、決して個人の能力ではなかった。それこそ逃げ出した途端、生活の手段を失う。

「安心せい。そこはちゃんと手配りしてくれるわ。左中居、頼む」

「どのあたりにいたしましょう」

竹林一栄に言われた左中居作吾が訊いた。

「あるていどの日数を稼げねばなるまい。かといって京や大坂はまずい。どちらも町奉行所がある。近江《おうみ》草津あたりでどうであろう。草津ならば人の流れは多い。手配の下手人の姿があっても不思議ではない」

草津は東海道五十三次で京の手前、五十二番目の宿場である。東海道と中山道《なかせんどう》が合流する宿場として栄えていた。

「草津でございましたら、往復で十日、探索に二十日として一カ月は稼げますな」

妙案だと同意した左中居作吾が懐から紙を出し、筆でなにかを書き始めた。

「板谷、よいか。そなたは今朝、三年前の辻斬り一件の下手人が草津宿で見かけられたとの報せに応じ、その捕縛のために出張った」

「草津でございますか」

板谷が目を剝いた。

町方同心が遠国へ行くことはまずなかった。犯人捕縛のほとんどを地元の代官や町奉行所に依託しているのだ。ただ、前例がないわけではなかった。

「江戸から出たことがございません」

不安そうな顔を板谷が見せた。

「文句を言うな。江戸にいて、奉行からの呼び出しを喰らうか。そうなれば、我らもかばってはやれぬぞ」

竹林一栄が叱った。

「そんな。町方は一枚岩でございましょう。北町の全員が一つになって抗議すれば、お奉行といえども無理はできますまい」

皆でかばい合っていけば、大丈夫だろうと板谷がすがった。

「それができぬゆえ、申しておる。すでに儂と年番方は、奉行に目を付けられておる。ここでそなたをかばえば、まちがいなく手が入る」

「……見捨てると言われるか」

板谷が憤慨した。

「違うぞ。助けようとしているからこそ、草津宿行きを申しつけておるのだ。一月《ひとつき》だけでいい。草津付近で近江八景などを物見遊山でもしておれ。その間《ま》に手配りをしてやる。そなたに配下の罪が及ばぬようにな」

左中居作吾も説得した。

「ですが……」

まだ板谷は渋った。

江戸にいれば、金も女も思いのままに近い町方同心でいられる。十手を振り回せば、まず百人が百人畏れ入ってくれる。しかし、それは遠国では通じなかった。

「ならば、勝手にせい。儂は知らぬ」

竹林一栄が見捨てると言った。

「では、この書付も不要でございますな」

板谷に草津宿場での下手人捕縛を命じるという、書きあげたばかりの町奉行所の公文書を左中居作吾が破こうとした。

「わ、わかりましてございまする。く、草津まで参りまする」

与力二人にとって、守るべきは町方役人の立場であり、己でないと板谷は理解した。

「奉行が帰ってくるまでに、八丁堀を離れておけ。でなくば、我らもそなたの敵になるぞ」

ぐずぐずするなと竹林一栄が急がせた。

「き、きっと一カ月で江戸へ戻していただけましょうな」

板谷が泣くような顔で保証を求めた。

「努力するとしか言えぬ。相手のあることじゃ。余裕は見ておけ」

竹林一栄が言質を取られないように逃げた。

「左中居、手当を厚めにしてやれ」

「承知いたしております。板谷、草津までの旅費を支給する。付いて参れ」

金をくれてやれという竹林一栄の言葉に、左中居作吾が従った。

「……はい。では、筆頭さま」

「気を付けて参れ。念を押すが、儂が呼ぶまで、江戸へ帰ってくるな」

死にに逝くような表情をした板谷に、竹林一栄がもう一度釘を刺した。

「悪いが、左中居、板谷に金をくれた後、打ち合わせをしたい」

「すぐに戻りまする」

うなずいた左中居作吾が、板谷を連れて出ていった。

「馬鹿が多すぎる。いや、儂もか」

竹林一栄が苦笑した。

「大坂での手腕をそのまま江戸で発揮できると勘違いされては迷惑だと考えたのだが、隠密廻り同心を切り捨てるなど思いきった手を打ってくるとは」

隠密廻り同心は筆頭与力ではなく、町奉行に直属する。実働できる配下を持たない町奉行の貴重な戦力であったが、そのじつは代々の町方に染まった役人でしかなかった。

それをわかっていても使うしかないのが隠密廻り同心であった。使わなければ、町奉行はなにも江戸城下のことを知れないのだ。

だが、曲淵甲斐守は、その隠密廻り同心をあっさりと切り捨てた。どころか、遠国奉行の下僚として左遷してしまった。

「あれが、我らを頑《かたく》なにした」

町方役人は異動しないものと思いこんでいた与力、同心は曲淵甲斐守の行動に恐怖を覚えた。そしてその恐怖に従うのではなく、抵抗しようとした。

「江戸の町は我らでなければ回らぬとの矜持、いいや、思いこみが対応を誤らせた」

苦い顔で竹林一栄が反省した。

「少し性急に過ぎたな、左中居」

「さようでございますな」

帰ってきた左中居作吾に竹林一栄が話しかけた。

「長年の夢であった富くじの権益に手出しできる機が到来したと舞いあがったのもまずかった」

「寺社奉行所は、門前町においてなにもせず、いつも我らに尻ぬぐいをさせるばかりで、うまい汁だけを吸っておりました。あれは我らの悲願であり、報復でございました」

悔やむ竹林一栄に、左中居作吾がしかたなかったと首を横に振った。

「とは申せ、もう少し、人となりを見てから、動くべきでした」

「ああ」

二人がそろってため息を吐いた。

「されど、すでに引き返せぬところまで来ておる」

「はい」

奉行所を牛耳る二人の与力が見つめ合った。

「諸手《もろて》をあげて降伏し、甲斐守の出世の踏み台となるか」

「できませぬ。町奉行の家臣に町方がなるという前例を残しまする」

竹林一栄の言葉を左中居作吾が否定した。

「そうだ。我ら町方役人は直参であり、町奉行の家臣ではない」

吾が意を得たりと竹林一栄が首肯した。

「戦うぞ」

「おう」

二人の与力が意を一つにした。

# 五

空き屋敷に着いた曲淵甲斐守は、亨の説明を聞き終わった。

「陰蔵と申したか、その刺客の親分は」

「そのように申しておりました」

亨が首を縦に振った。

「上様のお膝元にそのような不埒《ふらち》な輩がおるだけでも許し難いというに、町方役人の臣ともいうべき御用聞きがそれと繋がっておるなど、言語道断」

曲淵甲斐守が憤慨していた。

「播磨屋であったか」

「初めてお目にかかりまする。酒問屋を営んでおりまする播磨屋伊右衛門でございまする。この西咲江の大叔父にあたりまする」

曲淵甲斐守から声をかけられた播磨屋伊右衛門が、深々と腰を折った。

「今回の手伝い、大儀であった」

「畏れ多いお言葉でございまする」

いかに豪商といえども、江戸町奉行から礼を言われることなどまずない。播磨屋伊右衛門が恐縮した。

「今後とも頼む。いつ何時といえども構わぬ。余を訪ねてくれてよい」

「かたじけないこと……」

曲淵甲斐守が借りにしておくと言ったに等しい。播磨屋伊右衛門が目を剝いた。

「もっとも貸しは、亨に払わせよう」

ちらと咲江に目をやって、曲淵甲斐守が述べた。

「それはそれは、なによりでございまする」

「…………」

播磨屋伊右衛門が喜色を浮かべ、咲江が頰を染めた。

「なんでございましょう」

意味がわからないと亨が首をかしげた。

「いずれわかる」

亨に手を振った曲淵甲斐守が、家臣たちに向き直った。

「死体を戸板に乗せよ。町奉行所まで運ぶ」

「はっ」

小者たちが動いた。武家奉公の小者はもともと戦場での働きを旨としている。泰平の御世になったとはいえ、死体を怖がるようでは務まらない。

「戻るぞ」

曲淵甲斐守が馬にまたがった。

「世話になり申した。お礼はあらためて」

播磨屋伊右衛門と咲江に頭を下げて、亨は主の後に続いた。

「……よかったな」

「おおきに、大叔父はん」

頭を下げながら囁《ささや》いた播磨屋伊右衛門に、咲江が感謝した。

死体を戸板に乗せて神田明神の裏から、常盤橋御門の北町奉行所まで移動する。

「なんだありゃあ」

「死人だぞ」

戸板には粗い目の筵《むしろ》がかけてあるだけなのだ。すぐにそれが死体だとわかる。

「騎乗のお旗本は北町奉行さまじゃねえか」

曲淵甲斐守の顔を知っている者がいたことで、騒ぎは一層大きくなった。

「町奉行さま、直々の捕り物だ」

物見高い江戸の庶民が、見過ごすはずはない。たちまち一行は見物の者で囲まれた。

「なにごとだ」

そんな大騒ぎが気づかれないはずもない。

北町奉行所の門番小者が、慌てて走ってきた。

「お、お奉行さま」

門番小者が、曲淵甲斐守に気づいて絶句した。

「どけ、町奉行所まで運ぶ途中じゃ」

立ちふさがる形になった門番小者を曲淵甲斐守が怒鳴りつけた。

「お待ちくださいませ」

門番小者が顔色を変えた。

「そ、その戸板にあるのは、死体ではございませぬか」

「いかにも、さようじゃ」

確かめるように訊いた門番小者に曲淵甲斐守がうなずいた。

「死体のような不浄なものを、お城のなかへ入れることはかないませぬ」

門番小者が言った。

常盤橋御門の内は、江戸城の内廓《ないかく》になる。門番小者の言いぶんは正しかった。

「なにとぞ、大番屋へお運びくださいますよう」

門番小者は決死の形相で、曲淵甲斐守に願った。

「たしかに、そうである。不浄をお城に入れるなどあってはならぬことであった」

曲淵甲斐守が納得した。

敵の首を獲って手柄を立て、武士は身代をあげてきた。その最たる者が徳川将軍家であった。しかし、天下が統一され、争いがなくなると武は納められ、代わって文化が台頭してくる。その頂点である朝廷は死を忌むべきものとして嫌う。徳川将軍も朝廷の官位を与えられ、公家の仲間入りをしたことで、死を穢れとして避けた。

事実、江戸城内で死んで江戸城から出ていった将軍や家臣、女中は多いが、死んでから城内に運びこまれた者はいなかった。

「一同、八丁堀を目指せ」

曲淵甲斐守が行き先を変更した。

「お待ちくださいませ。この死体は誰のものでございましょう」

門番小者が問うた。

「一人は刺客の浪人である。もう一人は、神田の次郎と名乗る御用聞きじゃ」

曲淵甲斐守に代わって、山上が大声で告げた。

「ともに神田明神裏の空き屋敷で死んでいた」

山上が続けた。

「控えよ、山上。御門前じゃ」

大声を出すなと曲淵甲斐守が叱った。

「出すぎたまねをいたしました」

山上が謝罪した。

「ふん、忠義なことだ」

そのわざとらしさに曲淵甲斐守が、鼻先で笑った。

「行くぞ」

曲淵甲斐守が、馬首を巡らせた。

門番小者は曲淵甲斐守を見送ることなく、奉行所の与力控えへ駆けこんだ。

「なんだ、騒がしい」

控えの雑用係も兼ねる見習い与力が、門番小者を注意した。

「ひ、筆頭さまに……」

「竹林さまか。ちと待て。ご都合を聞いて参る」

町奉行所の門番小者は身分軽い者だが、その職責上、もっとも早く異変を知る。ために、与力控えへの出入りも許されていた。

「お会いくださる」

「ごめんを」

許可が出た途端、門番小者が奥へと急いだ。

「……奉行が帰ってきたか」

走り寄る門番小者を一瞥《いちべつ》した瞬間、竹林一栄が悟った。

「はい。戸板を二枚」

慌てた門番小者が、死体の数ではなく、戸板の数を口にした。

「一つは神田の次郎だろうな」

「……………」

「さ、さようで」

呟くような竹林一栄に左中居作吾が無言で肯定をし、門番小者が驚いた。

「もう一人は誰だ」

「刺客だと山上さまが」

「山上が……他には」

質問に答えた門番小者に、竹林一栄がその先を訊いた。

「神田明神裏の空き屋敷で死体を拾ってきたと」

門番小者が告げた。

「おい、佐波《さなみ》、臨時廻りを連れていけ」

竹林一栄が、控えにいた中年の吟味方与力に臨時廻り同心を伴って、現場を見てこいと指示した。臨時廻り同心は、定町廻り同心を経て就任する南北両奉行所に四人しかいない熟達の町方役人であった。

「承知」

佐波と呼ばれた与力が出ていった。

「死体を見たか」

「あいにく、筵がかけられておりまして」

申しわけなさそうに門番小者が首を横に振った。

「いや、構わぬさ。これを」

門番小者をねぎらった竹林一栄が、二分金を一枚握らせた。

「これはありがとうございまする」

二分あれば、吉原で格子女郎を一夜揚げられる。その辺の岡場所でよければ、五日は楽しめる。

「そういえば、城見は行列のなかにいたか」

「はい。お奉行さまのすぐ後ろに」

尋ねられた門番小者が答えた。

「そうか。ご苦労であった」

「いただきまする」

門番小者が二分金を押し頂いて、下がっていった。

「筆頭どの」

左中居作吾の顔色がなくなった。

「最悪の事態だな」

竹林一栄も同意した。

「あの門番も要らぬことをしてくれた」

苦く竹林一栄が頬をゆがめた。

「まことに」

左中居作吾もうなずいた。

「死体を連れたまま、常盤橋門を潜ってくれれば、不浄を城内に持ちこんだとして咎められただろうに」

竹林一栄が無念そうに言った。

「書院番が必死になりましょうしな」

江戸城の諸門は書院番が警固している。もし、死体が門を通ったとなれば、書院番にも罪が及ぶ。

幕府で小姓番と並んで名門旗本の出世階段である書院番としては、将来を無にするかどうかの瀬戸際になる。なんとかして曲淵甲斐守に責任を負わせようと動くのはまちがいなかった。

「町奉行職を解かれただろうに。惜しいことをした」

竹林一栄が歯がみをした。

「かといってすんだことで門番を叱るわけにも参りませぬしな」

「そのようなまねをしてみろ。たちまち、小者たちの人気を失うことになる」

町奉行所を牛耳っている筆頭与力といえども、いや、だからこそ下の者の機嫌は取らなければならなかった。

「板谷を逃がしておいてよかったが……」

「この後をどうするかでございますな」

二人の与力が思案に入った。

「そういえば、奉行が出かける前に、訪ねてきた者がいたの」

ふと竹林一栄が思い出した。

「たしか、大坂西町奉行所同心の娘だったかと」

「なぜ、大坂西町奉行所同心の娘が奉行に……娘が来てすぐに奉行は出かけた。それまでは、出かける気配さえなかった……」

「昼に城見が、奉行を探しておりましたな」

「神田の次郎に誘い出された城見が刺客に襲われたのは、午前中のはず」

左中居作吾の話に、竹林一栄が腕を組んだ。

「城見にかかわる女の話を最近、聞いたな。あれは城見が謹慎を解かれた日のことだ。吾妻屋嘉助が、若い男女に後を付けられたと言っていた。その後を逆に追わせたら、たしか日本橋の播磨屋に入った」

「播磨屋、酒問屋の。それならば、門番小者から話がありましたぞ。若い女とお店者が播磨屋と名乗って潜り戸を通ったと。訴訟かと思い、交代のときに年番方へ報告がございましたが、酒にかかわる用件は、誰も受け付けておりませぬ」

町奉行所の書付はすべて年番方を通る。年番方が知らないことはなかった。

「山上から、奉行が城見の行方を気にしていたとも報されていた。その女が来るなり、奉行が出かけ、城見と死体を連れて戻ってきた」

「女は城見と繋がりがある」

「おそらく」

二人の与力の意見が一致した。

「女を……」

「大坂西町奉行所同心の娘とあれば、我らは手出しできませぬぞ」

竹林一栄の口から出かかった言葉を左中居作吾が制した。

「我らでなければ、問題なかろう。居場所もわかっている。女を攫《さら》わせて、その命と引き替えに、今回の一件を忘れろと要求する」

「無茶な。そんな脅しを我らが奉行にするなど、自らの首を絞めるも同然でござる」

とんでもないと左中居作吾が竹林一栄の策を否定した。

「誰が我らの名前でやると申したか。板谷から聞いた刺客の元締め、陰蔵の仕業に見せかけるのだ。陰蔵ならば、それをしても不思議ではなかろう。刺客業が表沙汰になっては、終わりだからな。要求も妥当だ」

「陰蔵を利用するのは、いかがかと」

江戸の闇に手出しをするのはまずいと左中居作吾が諫めた。

「他に手立てがあるか。町奉行の腹心の内与力を、御用聞きとはいえ町方が襲ったのだぞ。これを徒目付に持ちこまれてみよ。我らは切腹、家は闕所だ」

「それはそうでございまするが……」

左中居作吾がためらった。

「もはや、奉行が死ぬか、我らが死ぬかなのだ。今までの生活を維持したい、子孫にもよい思いをさせたいと思うのならば、肚をくれ」

煮えきらない左中居作吾に、竹林一栄が覚悟しろと迫った。

「……やむを得ませぬ」

少し考えた左中居作吾が堕ちた。

「手はずは吾妻屋嘉助に取らせる。あいつならば汚れ仕事を引き受ける無頼の数人くらい集められよう」

竹林一栄が暗い笑いを浮かべた。

この作品は書き下ろしです。

# 次巻予告!!

出世地獄、
底なし沼のごとし!
若き内与力・城見亭の
運命もこれまでか!?

2017年
9月14日
発売予定

絵・西のぼる

## 幻冬舎時代小説文庫　上田秀人の本

人気沸騰!　「町奉行内与力奮闘記」シリーズ

第一巻『立身の陰』　第二巻『他人の懐』　第三巻『権益の侵』

46万部突破!　「妾屋昼兵衛女帳面」シリーズ

第一巻『側室顚末』　第二巻『拝領品次第』　第三巻『旦那背信』
第四巻『女城暗闘』　第五巻『寵姫裏表』　第六巻『遊郭狂奔』
第七巻『色里攻防』　第八巻『閨之陰謀』

読み応え抜群!　死してなお世を揺るがす家康の策略とは?

『関東郡代 記録に止めず　家康の遺策』

町《まち》奉《ぶ》行《ぎょう》内《うち》与《よ》力《りき》奮《ふん》闘《とう》記《き》四

# 連環《れんかん》の罠《わな》

上《うえ》田《だ》秀《ひで》人《と》

平成29年3月15日　初版発行

発行人——石原正康
編集人——袖山満一子
発行所——株式会社幻冬舎
〒151-0051東京都渋谷区千駄ヶ谷4-9-7
電話　03(5411)6222(営業)
　　　03(5411)6211(編集)
　　振替00120-8-767643
印刷・製本—株式会社　光邦
装丁者——高橋雅之



幻冬舎時代小説文庫

ISBN978-4-344-42583-5　C0193　う-8-13

幻冬舎ホームページアドレス　http://www.gentosha.co.jp/
この本に関するご意見・ご感想をメールでお寄せいただく場合は、
comment@gentosha.co.jpまで。